KB122132

운명의 수레바퀴

SAMSARA | 오해균 長篇小說

"거미줄에 매달려 간당거리다
사라지는 물방울 같은 人生"

그물

자서(自序)

세월은 언제나 우리를 앞질러 달려가지만 지나온 세월만큼의 흔적은 그림자가 되어 항상 우리의 뒤에서 잔상을 남기며 때와 장소를 가리지 않고 찾아옵니다.
비록 그것이 수 백 년의 세월을 거슬러 올라간 이야기 일지라도 말입니다.

부생약몽(浮生若夢)같은 인생, 초대하지 않았지만 그 어디에서 인연지어 찾아왔고 허락하지 않아도 인연이 끝나면 떠나가는 것이 인생입니다.
봄에 피는 꽃이 생명의 존엄을 알리는 것이라면, 가을의 지는 낙엽소리는 무상을 넘어서 미래를 기원하고 또 다른 인연의 끈을 찾고 매듭을 잇고자 하는 꿈을 꾸는 시간이 되기도 합니다.

책속에 소개된 세 편의 변주된 이야기는 흐르는 세월을 쫓아 다니며 펼쳐지는 청춘의 가슴 아픈 이야기를 픽션으로 써 내려가고 과학적이지 않고 비논리적 일지라도 구전으로 회자되고 다수가 믿고 따르고 의지하고 있는 윤회라는 운명의 수레바퀴를 대의(大意)로 하여 여러 대덕 및 독자들께 인사를 드리고자 합니다.

자신의 몫을 다하지 못한 인연은 그 미련과 번뇌 때문에 오늘도, 먼 미래도 항상 그 주변을 맴돈다 합니다.

그것은 보이지도 않고 만질 수도 없지만 그 무게감은 천근만근도 넘고 깊이는 큰 바다보다 더 하여 예측 할 수도 없는 업(Karma) 때문이지요.

업 이란 과연 무엇일까? 업보라는 보이지 않는 한계를 창작해 보고 싶은 마음에 인연이라는 끈으로 묶어서 수백여 년의 세월을 넘나들며 세 편의 변주된 사랑가를 애절하게 불러보려고 노력을 했지만 느낌은 바로 독자의 몫입니다.

빛과 그림자에 대비되는 인연과, 밝음과 어둠으로 나누어진 사람들, 그리고 선악으로 불리는 좋은 것과 나쁜 것들, 언제나 어긋나는 그것들처럼 여기 소개된 이야기들도 윤리를 어긋나지 않으려 노력했고 화합이라는 타협점을 가지고 변주된 사랑의찬가를 이어가려고 했습니다, 혹 이상과 현실 간에 괴리가 크다고 느끼실 수도 있고 작가의 종교적인 가치관을 독자에게 주입하려한다는 질책과 편견을 말할 수도 있습니다.

이 소설은 종교소설도 아니고 그렇다고 애정소설도 아닙니다. 지극히 개인적인 소설이라 여길 수도 있고 또 그런 생각으로 글을 썼습니다.

부디 청 하건데 글속의 주인공에게 나(自我)라는 관념을 심어서 읽어 주시길 청합니다, 읽다보면 느낌도 배가 되어 더욱 재미있지 않을까요?

서력2022년 새봄을 맞이하며
오해균 記

目次

두 번째 변주

엇갈린 운명

세 번째 변주

숙명이라는 이름

책 속의 책

카르마(Karma; 業)의 법칙

인생이란 무엇인가?

그것은 인과의 연속이라 할 수 있다.
단순히 운명에 순응하는 것이라든지 또는 팔자소관 운운하며 소
극적이고 피동적으로 이해를 한다면 이는 잘못된 생각이다.
숙명이 인생의 행복과 불행을 좌우한다면 우리의 인생은 희망도
없고, 미래도 없고 존재할 이유가 없다.
우리의 삶은 과거 현재 미래를 통하여 얻은 결과에 좌우 되지
않으며 현재의 행위와 노력에 따라서 바꿀 수 있는 것이 업이고
운명이다.
인생을 적극적으로 살고 능동적으로 적선(積善)을 쌓아 가는데
게으름을 피우지 말아야 한다.
나 혼자만의 고립된 영역이 아닌 무수한 사람과 생명들의 도움을
받아서 살아가는 인생, 서산을 넘어가는 해처럼 멋지게 회향하는
삶이 우리에겐 필요하다.

첫 번째 변주
이룰 수 없는 사랑

사람은 생을 사랑하며 살아간다.
사랑으로 잉태되고 사랑으로 양육되며
긴 세월을 사랑하다가 떠나간다.
그러나 이 사랑이란 것은
자기중심적으로 머물다가 끝이나니
결국은 자기 자신을 위하여 타인을 희생시킨다.
진정한 사랑은 나를 위해 수고하는 많은 사람들에게
베풀고 회향하고, 감사하는 것이 참사랑이다.

달콤한 꿈

 구리 빛 피부에 여름날의 태양처럼 이글거리는 눈동자, 여섯 척은 되어 보이는 키에 걸망을 어깨에 메고 남루한 옷차림에 긴 머리카락을 대충 틀어 뒤로 넘겨 묶어버린 사내가 저잣거리의 점방을 이곳저곳 기웃거리고 곁눈질을 힐끔거리면서 무언가를 찾고 있다.
장신구와 여인네 얼굴 치장용 분말 따위를 파는 조그만 널판 진열대가 놓아진 곳에서 진열품을 한참을 바라보던 그는 무엇인가를 점찍어 놓고는 팔짱을 끼고 자신을 응시하는 주인을 바라다본다. 그리곤 대나무를 잘게 쪼개서 만든 참빗 하나를 들고서는 흥정을 한다.
 "이거 얼마요?"
 "마누라 심부름 왔소?"
 "그런 건 묻지 마시고 얼마인지나 말하시오."
 "그거 하나는 두 냥 서푼이고 두 개 사면 좀 깎아 줄 것이니 두 개 사시구려."
통명한 주인의 말투는 '설마 네놈이 돈이 있겠느냐.'
살라면 사고 말라면 말라는 식이다.
 "그냥 하나만 주세요."
사내는 군소리 없이 걸망을 내리고 그곳에서 엽전을 꺼내 계산을 하고 누가 볼세라 얼른 물건을 집어넣고는 바삐 자리를 뜬다.
 '원 별놈 다 보겠네, 한 냥이면 되는 걸 곱으로 바가지를 팍팍 씌웠더니 그걸 다 주고 가네, 녀석 아가씨 것 사는 모양인데 자기

어머니도 하나 사다주면 어디 덧나나.'
장사하는 상인이라 그런지 눈치하나는 백단이다.
　'저런 놈은 바가지 씌워도 절대 안 나타나지.'
기분이 좋은 듯 혼잣말로 다시 너스레를 떤다.
　'평생 저런 놈만 오면 장사 할 만 하겠어.'라는 말을 중얼거리
더니 이내 안으로 사라져 버린다.

　가파른 고갯길을 숨을 헐떡이며 얼마나 걸었을까.
그는 성거산엘 올랐다. 옛날 고려 태조 왕건이 후백제와 국경을
이루는 이곳에 들렀다가 산 정상을 오색구름이 감싸고 있는 것
을 보고는 성인이 사는 산이라 하여 그때부터 성거산이라 불렀
다고 전설처럼 이야기가 전해온다.
만일고개 마루턱 거북이 등껍질처럼 골이 패이고 갈라진 거북
바위에 잠시 걸터앉은 사내는 걸망에서 참빗을 꺼내 들고는 한
참을 바라보다 먼지라도 묻었는지 입김으로 불어내고 그것도 모
자라 옷에다 쓱쓱 비비다가 이내 피식 뜻 모를 웃음을 터트린다.
　'각순이 조금만 기다려, 너는 꼭 내 여자가 돼야 하는 것이여!'
그리곤 소중한 보물을 다루듯 물건을 집어넣고는 다시 힘겨운
걸음으로 몇 발짝 움직여 고개를 넘다가 잠시 주춤거리는가 싶
더니 오른쪽에 있는 큰 바위에 새겨진 마애불을 향해 다가간다.
어느 불모(佛母)의 솜씨인지 바위에 새기다만 마애불을 응시하
던 그는 앉아서 무릎을 꿇고 두 손을 모은 자세로 합장을 하고는
소원을 빈다.
　"부처님 제 소원은 오로지 각순아가씨 뿐입니다, 꼭 제 짝으로
만들어 주실 거지요?"

그리곤 일어서서 허리를 구부려 반배로 세 번 절을 하고 옆에 누군가 쌓아올린 돌탑에 넓적한 돌을 몇 개 주워 한 층을 더 만들어 놓고는 발걸음을 재촉한다.

 이 사내는 누구일까,
그리고 그가 오매불망하는 참빗의 주인공 각순아씨는 또 누구인가.
그는 재 너머 덕소 마을 김 첨지 댁 머슴 용팔이다.
아버지가 누군지도 모르고 대를 이어 첨지 댁에서 하녀로 있는 음전이의 외동아들로 어미 와 함께 행랑채에 머물며 첨지 댁 일을 봐주는 사내이다.
나이 스물이 넘으면 장가를 보내준다는 첨지의 약속은 공염불이 되어 허공을 맴 돈지 수년이 지나 서른이 다되어도 소식이 없고 이 와중에 넘봐서는 아니 될 첨지 댁 아가씨 각순이에게 정신이 팔려 오매불망 하는 터에 각순이도 용팔이의 사내답고 잘생긴 외모에 비록 일자무식이지만 언제 봐도 반듯한 그 모습이 싫지는 않았던지 어쩌다 둘이 있는 시간이 있을라치면 시시콜콜한 말이 라도 재미있게 나누며 시나브로 서로가 호감을 주는 사이로 주종(主從)의 관계를 넘어 서로의 감정을 조금씩 알아가는 사이로 발전을 해 나가는 그런 관계다.
성거산 마루에 걸린 해가 내일을 기약하는 마지막 길에 붉은 노을이라도 선물하겠다는 생각인지 서산을 붉게 물들여 장엄을 연출한다. 잠시 앉아서 뻐근한 다리를 주무르며 노을을 바라보던 용팔이는 툭툭 털고 일어나 다시 힘을 내 바쁜 걸음으로 집으로 돌아 왔다.

사랑채 툇마루에서 장죽을 물고 뻐끔거리며 대문을 바라보던 첨지는 마침 들어오는 용팔이와 눈이 마주치자 장죽에서 불똥이 떨어지는 줄도 모르고 삿대질을 하며 화를 낸다.

"이놈아, 일찍 온다 해서 보내 줬더니 이제야 오는 거냐? 빨리 여물 죽 쒀서 외양간 송아지한테 주도록 해라."

왕복 대여섯 시진을 걷고 험준한 고개를 넘어 다녀온 용팔이는 기력이 탈탈 털려 탈진 상태이지만 어쩔 도리 없이 대답을 하고는 사랑채 가마솥에 지푸라기 여물과 콩깍지, 고구마 줄거리를 섞어서 넣고는 불을 지핀다.

'타 닥, 타 닥.'

바싹 마른 콩대가 잘도 탄다.

어쩌다 털리지 않고 남아있던 콩이 톡톡 소리를 내며 아궁이 밖으로 튀어 나오고 용팔이는 그것을 주워 먹으며 불길을 바라본다.

'활활 타오르다 아스라이 가는 불빛 끝내는 한줌도 안 되는 재가 되어 덧없이 사라지는 저 콩대와 외양간 송아지만도 못한 내 인생이나 무엇이 다를까! 그래도 콩대는 씨앗을 남겨서 새봄엔 또다시 싹을 틔우고 자라서 또다시 열매를 남겨 놓고 있는데, 난 언제나 이 꼴을 면하고 예쁜 각순아가씨와 좋은 삶을 살아보려나.'

용팔이는 얼굴도 모르는 애비와 평생을 종살이로 살아가는 어미를 생각하니 분하고 화가 치밀어 올라 울컥하는 마음에 두 주먹을 불끈 쥐고 몸을 부르르 떤다.

'그려~! 내가 분명코 언젠가는 각순 아가씨를 멍석말이해서 야반도주를 할 것 이구만.'

어미가 차려주는 꽁보리밥과 시래기장국으로 저녁을 마친 용팔이는 일찌감치 잠자리에 든다. 피곤에 지친 육신을 뜨거운 아랫목에서 몸을 지지고 하루를 정리하면서 오늘보다는 더 행복한 내일을 기약하며 수면의 늪으로 빠져버리고 밤은 점점 깊어만 간다.

맞선

　며칠 후,
김 생원이 채 날이 밝기도 전에 용팔이를 찾는다.
　"용팔아, 용팔아~!"
이름을 부르는 꼬리 끝에 여음이 남는 것이 또 무슨 심부름인가 싶다.
　"예. 무슨 일로 찾으셨는지요?"
　"너 오늘 조반 먹고 나랑 어디 좀 다녀 오자구나."
　"네?"
　"진작부터 가야한다고 생각을 하면서 너무 늦었구나."
　"어디를 가시는 건데요?"
　"따라오면 알아, 다 너를 위한 거야."
갑자기 나를 위해서 어디를 가자는 건지 궁금했지만 어른 말에 대꾸도 못하고 조반을 마친 후 생원과 길을 떠났다.
첨지로서는 용팔이가 해야 할 일이 많으니 빨리 다녀오는 게 상책이라 싶었던지 길을 재촉하면서 넌지시 말을 건넨다.
　"예전에 내가 네놈 나이 스물 되면 장가를 보내준다 했는데 어쩌다 보니 그만 늦어졌다만, 이제 삼십이 다 되어가니 계속 두고만 볼 수가 없어서 가래마을 박가네 언년이라는 참한 애가 있다 길래 진작부터 네 배필로 정해놓고 있었다만, 오늘은 가서 언년이 선을 봐야겠다."

"어르신, 저에게 물어보지도 않고 배필로 정하셨나요? 지는 아직 장가들 마음이 티클 만큼도 없는데요."

각순이 하나만 마음에 두고 있는 용팔이가 언년이고, 말년이고 그녀들이 눈에 들어 올 리도 없고, 또 다 무슨 소용이란 말인가, 용팔이는 말에 힘을 들여서 재차 강조를 했다.

"저는 절대로 장가 안 갈 겁니다요."

"이놈아 그럼 평생 총각으로 살아갈 거냐?"

그러나 김 생원의 속셈은 따로 있으니 혼인을 핑계 삼아 언년일 데리고 오면 일손이 하나 더 생기는 것이니 진작부터 그런 마음으로 용팔이의 혼인을 부추겨 보지만 우직하지만 영리한 용팔이가 그걸 모를 리 없다.

"너도 나이가 있고 또 후손도 봐야 하는 거야, 그러니 군소리 말고 시키는 대로 해라."

그 한마디에 용팔이는 항변도 못하고 고개를 숙인 채로 도살장에 끌려가는 소처럼 툴툴 거리며 뒤를 따른다.

각순아가씨 한테 아직 참빗도 전하지 못하고 그렇다고 마음도 확인을 못했는데 무슨 맞선이며 장가란 말인가.

그렇게 늙은 암소 도살장 가듯 끌려서 간곳이 가래울 마을에서 백마지기 땅으로 떵떵거리는 박가네 집이다.

생원도 양반이라고 박 서방이 반색을 하면서 버선발로 마중을 한다.

"이보게 우철이 잘 계셨는가?"

"아이고 생원 어른 제가 언년이 데리고 찾아뵈려 했는데 먼저 오셨네요, 어서 방으로 드시지요."

"이 사람아, 누가 먼저 오던 그게 뭔 상관인가, 내 일전에 박 서방이 이야기했던 그 색시를 우리 용팔이 에게 선 좀 보이려고 늦었지만 이렇게 찾아왔네."

"네 진즉부터 인사를 시켜야 하는데 그만, 우선 안으로 드시지요."

맛선 이야기, 농사 이야기 등으로 대화를 나누는 중 방문이 열리면서 한 계집종이 다과상을 들고 들어왔다.

"얘 언년아 내가 이야기 했던 덕소마을 생원어른 이시다, 인사 올려라."

계집은 고개를 숙이고 들릴 듯 말 듯 한 소리로 인사를 한다.

"안녕하세요, 언년이여요."

고개를 든 모습에 얼굴을 바라보니 눈은 옆으로 째져있고 코는 들창코요 입술은 두툼하니 영락없는 추녀상이다, 더구나 마마자욱이 듬성듬성 박혀있고 주근깨가 골고루 퍼져 있는 것을 보고는 용팔이는 그만 외면을 한다.

그리고는 용팔이는 그만 자신도 모르게 혀를 찬다.

"에그, 쯧쯧쯧"

"그래, 네 나이가 몇인고?"

"이제 스물두 살 이옵니다."

"그러냐! 알았다, 그래 이 사내가 네가 보기엔 어떠냐?"

"· · · · · · · ·"

말이 없다. 용팔이는 속으로 비웃듯 낄낄거리면서 딴에 너도 아가씨라고 뻐기는 거냐 싶다.

"용팔아 넌 어떠냐? 이색시가 마음에 드니?"

" ‥‥‥‥"

기가 막힌 용팔이도 당연히 말이 없을 수밖에 없는 노릇 아닌가.

"저는 생원어르신 뜻을 알았으니 집에 가서 제 어머니와 상의를 해 보렵니다, 그런 다음에 어르신께 제 생각을 말씀드리겠습니다."

사실 처음 조우하는 자리에서 이래라 저래라 할 입장이 못 될 터 용팔이의 맞선은 그렇게 싱겁고, 저 여자는 아니라는 생각과 확신만 남긴 선을 보고는 둘은 다시 덕소 집으로 향했다.

"내가 보건데 애도 잘 낳을 성 싶고 일도 잘하겠더라만 별로더냐?"

"어르신, 저는 제가 잘 나지도 못해서 웬만하면 누구를 얼굴가지고 흉을 보거나 탓을 하지는 않지만 교양은 둘째 치고 얼굴이 그렇게 생기기도 진짜 어렵겠더라고요, 지는 정말로 싫습니다."

"그러지 말고 천천히 생각해 보거라."

첨지도 선을 보러 갈 때와는 생각이 바뀌었는지 억양도 완전히 달라지고 하기 싫으면 그만 두라는 식이다.

아마도 박색(薄色)처녀 언년이와 혼인을 시키면 그 얼굴을 매일 봐야 한다는 부담이 크게 작용을 하였던지 적극 적으로 추진을 하지는 않는 눈치이다.

부드럽고 사랑스런 그녀

 그렇게 싱겁게 끝나버린 용팔이의 선에 대해 이렇다 말이 없이 흘러갈 즈음에 드디어 용팔이에게 기회가 왔다.

김 첨지는 이웃마을 육갑인지 환갑잔치에 초대되어 외출을 하였고 어머니와 안방마님도 들에 나갔는지 식구들이 모두 집을 비운사이 각순이가 먼저 용팔이를 찾았다.

"용팔아! 용팔아. 어디 있는 거야?"

콧등에 힘을 주었는지 간지럽고 애교스런 콧소리로 용팔이를 찾는다.

뒤뜰에서 장작을 패던 용팔이는 기다렸다는 듯 얼른 대꾸를 한다.

"아가씨 무슨 일이요?"

그러면서 그는 지난번 장에서 준비해 고이 모셔둔 참빗을 들고는 각순이에게 향했다.

그윽한 눈빛으로 각순을 바라보던 용팔이는 부끄러운 듯 참빗을 내민다.

"어머나! 이 귀한 선물을 받아도 되나 모르겠네."

"이 십리 길을 냅다 달려가서 사온 것이니 요긴하게 쓰쇼."

"아고 고맙기도 하지, 잠깐 기다려봐."

그리고는 부엌을 향하는지 잠시 후 꿀물을 한 사발 가져와서 용팔이에게 내민다.

"이거 마시고 힘내. 힘들어도 참아봐, 내가 아버지를 졸라서 독립시켜줄게."

"독립이요? 그리만 된다면 얼마나 좋을까요."

고운 얼굴로 지극히 바라보는 각순이의 모습에 용팔이는 그저 녹아내리고 만다.

"참, 내가 지은 *사(詞)가 있는데 한편 읽어 줄까?"

"사라니요? 뭔지는 모르지만 고운 목소리로 읽어주면 기분은 좋을 듯합니다."

"잠깐 기다려봐."

각순은 방에 들어가 긴 화선지 두루마리를 가지고 나오더니 펼쳐서 조용히 또박또박 읽어준다.

"사랑의 포로

해는 서산에 저물고
내 마음은 임께 저뭅니다.
저무는 내 마음을 임이 받지 않으면
갈 곳이 잃습니다.
산이나, 들이나, 저잣거리에서도
임은 날 찾지 않습니다.
하늘이 무너져서 나는 깔려있는데
변심한 사람은 다른 임을 만난답니다.
날 찾아 일으켜주면 금방 다가 갈 것인데.

임이 찾으면 달려가고
임이 죽으라면 죽고
두 무릎 꿇고는 내 모든 것을 다 건네줄

준비가 되어 있습니다.
어차피 이 몸은 당신의 것이니까요.
임이 원하시면 얼굴이 창백하고
수족이 말라 비틀어 질 때까지
하시는 대로 하겠습니다.
난 당신의 포로니까요.

김각순 ”

　잠시 머뭇거리며 용팔의 표정을 살피던 각순이 묻는다.
“어때?”
“나는 그것이 뭔 말인지, 뭔 이야기인지 도통 못 알아먹겠는데, 거기에 임이 도대체 어느 누굽니까요, 혹시 병구나 두철이 아녀요?”
“아이참! 병구나 두철이 라니, 누구라는 거 보다는 그냥 생각나는 대로 쓴 거야, 어때 이거 용팔이 줄까?”
“관둬요, 글씨도 모르는 까막눈인데 그걸 가지고 있으면 뭐 한대요, 밥이 되나 돈이 되나.”
“에구, 그럼 내가 글을 가르쳐주면 되잖아.”
“관둬요, 마님하고 어르신 알면 나만 힘드니까요.”
“다음에 또 듣고 싶으면 이야기해 알았지?”
“아주, 아주 할 일이 없어서 하품만 나와 한가하면 그때 생각해 보고 이야기할게요.”
시(詩)나 사(詞)를 모르면 어떻고 글자를 모르면 어떤가, 이렇게 그녀의 마음을 확인하고 있는데 그녀가 읽어준 시 속에는 용팔이에게 향한 그녀의 마음과 그리움이 고스라니 녹아 있다. 아무리 까막눈이라도 대놓고 사랑고백을 하는데 그걸 모를 리가 있나, 애정을 확인한 용팔이는 나름 계획을 세우기로 하고 아직은 그 마음을 각순에게는 내색을 않기로 마음을 먹고 다진다.

　그날 저녁,
용팔이 어미 음전이가 지난번 선보았던 이야기를 꺼내며 생각을 조심스럽게 물어본다.
　"얘야, 지난번 가래마을 언년이는 정말 마음에 없니?"
　"엄니 두 번 다시 그 이야긴 하지마소, 생각도 안하고 있는데 뜬금없이 그 얘긴 왜 꺼내요? 행여나 그 얼굴 꿈에라도 볼까 두렵소."
　"에구 이놈아, 그러다 총각 귀신으로 늙어 죽으면 어쩌려고 그렇게 어깃장을 놓는 것이여."
　"총각 귀신이 뭐래요, 내겐 아름다운 각순아가씨가 있는 디."
갑자기 정색을 하며 소리를 죽이고 꾸짖는다.
　"아니 이놈이 큰일 날 소리를 하네, 누가 들으면 어쩌려고 그런 말을 하니? 행여 두 번 다시 그런 이야긴 하지도 말고, 꺼내지도 말고 생각에도 두지마라."
　"그렇지만 엄니 각순이도 내가 싫지는 않은가 본데."
　"아니 이놈이 자꾸 뭔 소리를 하는 것이여! 이건 하늘이 두 쪽이 나도 안 되는 일인기라, 행여 네 어미 죽는 꼴 보고 싶으면 어디 해 봐라."
상전과 노비의 관계라 그런 건가, 아니면 또 다른 뭐가 있나.
하늘이 두 쪽 날 일도 없지만 두 쪽이 나도 안 된다는 그 말이 용팔이에겐 영 거슬리고 신경이 쓰였다.

'두 쪽이 나도 안 된다.'

그러나 용팔이는 마음을 먹었다.

두 쪽 아니고 세 쪽이 나도, 자기는 각순아씨와 살겠노라고. 밤마다 몸이 달아 베개를 잡고 끙끙거려도 오로지 각순이 생각뿐 다른 그 무엇도 용팔이의 마음속에 들어 올 수는 없었다.

자칭 천하에 둘도 없는 아름다움을 지녔다는 저잣거리 앵춘옥(鶯春屋) 주모의 딸 명란이도, 늘 곱게 차리고 사내들을 유혹하는 건너 마을 창분이도 그에겐 그저 스쳐 지나가는 바람처럼 관심도 없고 오로지 이루어 질 수 없는 사랑, 주인집 여식 각순이만 머릿속을 가득 채우고 있다.

토끼 사냥

세월은 무심하게 덧없이 흐르던 어느 날,

밤새 폭설이 내려서 일척 이상이 쌓여 산천이 하얗게 변한 아침에 각순아가씨가 난데없이 용팔이를 찾는다.

"눈이 많이 왔는데 산에는 안가?"

"눈이 많이 와서 걷기도 힘든데 산엘 왜 갑니까?"

"지금 산에 가면 토끼몰이 하기 좋잖아, 가서 토끼를 잡아다가 내 목도리를 만들어 줄래."

"글쎄올시다, 다 굴속에 꼭꼭 숨어 있을 텐데 어찌 눈 속에서 잡을 수가 있을까요."

"그러지 말고 아랫집 병구하고 건너 집 두철이하고 한번 가봐."

"애들과 한번 상의해 보고요."

말은 그리해도 각순이의 부탁이니 거절 보다는 벌써 마음은 산 길을 헤매고 있다.

조반을 마친 용팔이는 병구와 두철이를 데리고 성거산을 뒤지기 시작했다.

여기 저기 눈 위에 토끼며 노루의 발자국이 많은 걸 보니 느낌이 좋다.

발자국이 끊긴 자리 바위틈에는 녀석들이 숨어서 사람들의 눈치를 보지만 토끼 한 마리가 남자 셋을 당할 수는 없다. 굴속을 후벼 파서 잡고 이리 뛰고 저리 뛰는 토끼를 골짜기 아래로 몰아서 맨손 사냥을 하다 보니 두 시간이 훌쩍 지났다.

바위에 부딪쳐서 무릎이 깨지고 눈 위에 선홍색으로 점이 찍히고 아픔이 와도 각순이가 좋아하는 모습을 상상하니 힘든 줄도 모르고 땀을 흘린 보람이 있다.

그들은 손에 살이 오른 잿빛토끼 네 마리의 다리를 움켜쥐고는 의기양양 하게 개선장군처럼 집으로 왔다.

병구와 두철에게 한 마리씩 주고 두 마리를 가져와 안락사를 시킨 후, 배를 가르고 털을 벗겨 양지쪽에 널어놓으면서 각순이를 생각하니 참으로 마음이 흐뭇하다.

'내년 봄에는 기필코 각순이 하고 일을 치러야 하는데.'

이때 각순이가 다가오며 까진 무릎을 보곤 깜짝 놀라며, 부드러운 목화솜을 가져와 상처를 닦아주면서 미안 해 한다.

"아침부터 내가 토끼털목도리 타령을 해서 용팔이가 다쳤으니 어떡하나, 너무 미안해!"

"별말씀을 다 하십니다, 덕분에 오늘 저녁은 토끼고기로 포식을 하겠는걸요."

"저 각순 애기 씨."

"왜?"

무슨 말을 하려다 차마 말을 못 꺼낸다.

"왜 그래?"

"아니요, 아닙니다."

"시 읽어 달라고 그러는 거야? 아니면 무슨 이야기, 아무도 없는데 얼른 할 말 있으면 해."

그러나 차마 말을 못한다. 그러나 속으로는

'각순아 내 마음을 알기는 하는 것이여? 내가 무지하게 좋아하는데 말이야.'

이렇게 수십 수백 번을 뇌까리면서도, 차마 입으로는 한마디도 못 내 놓는다.

질투도 사랑스러워

  며칠 후.

첨지는 각순이를 사랑으로 불렀다.

"얘야, 너도 나이가 스물이 넘었는데 선이라도 한 번 봐야 하지 않겠니?"

"제가 시집가면 두 분이 너무 적적하실 테니 그냥 안가고 평생 여기서 부모님 모시고 살래요."

"무슨 쓸데없는 소리냐? 내 비록 박복하여 슬하에 아들이 없이 너 하나뿐이지만 나도 양심은 있다, 며칠 전에 전주이씨 집안에서 매파를 한 사람으로 보냈는데, 이야기를 들어보니 괜찮은 자리더구나.”

“아무리 좋은 자리라도 전 관심이 없어요, 더 이상 꺼내지 마세요.”

각순인 아버지의 혀를 차는 소리를 들으며 그 자리를 박차고 나왔다.

마음속에 있는 용팔이 이야기를 차마 꺼내진 못하겠고, 에둘러 시집 안 간다고 말을 하고 나왔지만 앞으로 수시로 이런 이야기를 들어가며 닦달을 할 것이 분명한데, 각순이는 생각이 점점 깊어진다.

그렇게 서먹해진 부녀관계를 정리 해야겠다는 생각에 며칠이 지난 어느 날,

각순이는 아버지에게 장 구경을 가겠다고 조른다.

“그럼 혼자서 가지 말고 용팔이와 함께 다녀와라, 처녀애 혼자 만일고개를 넘는 것도 그렇고, 장터에 가면 몹쓸 놈들이 많아 알았지? “

“아버지도 참, 제가 어린애 인가요.”

그러나 첨지는 용팔이를 부른다.

용팔이는 속으론 쾌재를 부르면서도 겉으론 각순이 걱정해 주는 척 이중적인 말을 한다.

“눈길이라 미끄러울 텐데 아가씨 괜찮겠어요?”

“가다가 토끼도 잡고 장구경도 하고, 각설이패 풍물놀이 구경도 하고, 순댓국도 먹고 얼마나 좋아.”

“아이고, 토끼가 아가씨를 잡겠네요.”

“집에만 있으니 너무 갑갑해서 장에 가서 구경도 하고, 또 필요한 것 있으면 사기도 하고.”

"그럼 지가 아가씨 모시고 다녀오겠습니다."

그렇게 용팔이는 각순이의 호위무사가 되어 생각지도 않은 장 구경을 함께 가게 되었다.

장을 가는 길에 이목이 많아서 조심스러웠지만, 만일고개를 넘을 즈음엔 거의 인적이 보이질 않는다.

"용팔이, 나 업어줘 다리아파."

"에구 안 되어요, 큰일 날 소리를 하시네, 누가 보면 어쩌려고요?"

"우리 둘 뿐인데 보긴 누가 봐, 나 진짜로 다리아파."

"그럼 등에 업혀 봐요."

용팔이가 앉아서 등을 내미니 개구리가 폴짝뛰듯 등에와서 업힌다. 손바닥으로 잘 여문 마늘쪽 같은 엉덩이 두 쪽을 잡으니 촉감이 좋다.

등 쪽으론 탄력 있는 것이 기분 좋게 압박을 하고. 아는지 모르는지 각순인 용팔이의 등 뒤에 기대고, 용팔이 심장이 쿵쿵 거리고 두 근반 세근반 이다.

"용팔이는 겨울에도 땀을 많이 흘리나봐, 옷이 땀 냄새가 절어서 기분 좋은 사내 냄새가 나는 걸."

"세상에 땀 냄새가 기분 좋은 사람은 우리 아가씨 뿐일 겁니다, 어찌 되었든 우리 예쁜 각순애기가 나를 땀나게 하네요."

삼십 평생을 살아오면서 다 큰 처녀를 등에 업어보긴 처음이고 거기다 그 처자가 매일 밤 오매불망하는 그녀, 바로 각순이다 보니 이 세상을 다 가진 듯한 마음이었다.

"그런데 갑자기 뭔 장 구경이래요?"

"얼마 전 아버지가 내게 선을 보라고 하셨는데 내가 한마디로 거절을 했는데 그게 기분이 나쁘셨나봐, 사이가 안 좋아져서 아버지에게 미안하기도 해서 좋은 사이되려고 말을 걸다보니 그만 장 구경까지 하게 되었네."

"왜 선을 본다고 하지 그랬어요?"

"내가 선을 보면 좋겠어? 그럼 볼까?"

"그런 건 아니지만, 은근히 질투가 나는 걸요."

"나는 일편단심이지 바람 부는 대로 이리저리 왔다 갔다 마음 내키는 대로 쏠리는 갈대 같은 여자가 아냐."

"그러면 안심이 됩니다."

"왜, 용팔이가 안심이 될까?"

"잘 아시면서 왜 그리셔!"

"걱정돼? 앞으로 이런 기회를 자주 만들어야지."

"저야 좋지만!"

"지금 같이 분위기 좋을 때 시를 읽어주면 참 좋은데!"

"에구 제발 시인지 사인지, 그 이야기는 그만 하쇼."

그렇게 얼마를 걸었을까, 고개턱의 마애불님이 그들을 바라본다.

두 사람은 마애불 앞에서 합장을 하고는 각자의 소원을 이야기한다.

"아씨, 무슨 소원 빌었대요?"

"그걸 묻는 사람은 바보야, 이야기 하는 사람도 바보고, 그렇지만 왠지 오늘은 바보가 되어 보고 싶네."

"바보 되지 마세요, 그냥 속으로만 간직하세요, 나도 그럴 테니까."

용팔이는 지난번 자신이 빌었던 소원이 반은 이뤄진 느낌이 든다.

또다시 업혀서 걷다보니 엄동설한이건만 용팔이의 이마에선 굵은 땀방울이 송골송골 맺히고 등짝도 열기로 후끈 거린다.

각순이가 뒤에서 자신의 면 수건으로 용팔이의 얼굴에서 흐르는 땀을 닦아준다.

"용팔이."

용팔이를 부르는 목소리에 콧소리가 섞이고 말끝이 파르르 떨리는 것이 마음이 떨고 있는 듯하다.

"왜요, 아가씨?"

"나 어떻게 생각해?"

"세상에 둘도 없이 예쁘고 착한 사람이지요."

"정말?"

"그럼요, 내가 실언하는 거 봤어요?"

"지난번에 아버지가 날 시집보낸다 하시며 선보라는데 싫다고 한 거 정말 잘 했지?"

"글쎄요, 내가 미안하고, 고맙고 죄송한 느낌이네요."

"......"

말이 없다. 무슨 이유일까, 용팔이는 분명 자신 때문에 안 간다고 했을 거란 생각은 하지만 철딱서니 없는 우리 아가씨가 생원 어른에게 말이라도 잘못했다가 오히려 자신이 독박을 쓰는 것이 좀 두려웠다.

"용팔이, 난 사실 날마다 꿈을 꿔, 그러나 너무 이루기 힘든 꿈이라서 그걸 참아내기에는 내가 너무 힘이 들어."

"무슨 꿈인데 그리 뜸을 들여요?"

"난 우리 둘이서 늘 함께하는 꿈을 꾸거든."

아! 이일을 어쩌면 좋을까? 두 사람 중에 속마음을 각순이가 먼저 토해 내었으니 용팔이는 너무 좋아서 하마터면 각순이를 떨어트릴 정도로 만세를 부르고 싶었다. 그러나 나는 사내이고 이집 하녀의 아들이니 같이 동조를 할 수는 없는 노릇이라 그냥 듣기만 하고 내색은 않는다.

"각순 아가씨, 행여 그런 이야기 부모님께는 절대로 하지 말아야 합니다."

"내가 바보인줄 아나, 나도 그 정도는 알아."

각순은 오랜만의 나들이에 다리가 아픈 줄도 모르고 저잣거리를 돌면서 사고 싶은 물건도 사고 품바놀이에 정신을 팔리다 보니 때를 놓쳐서 시장기가 밀려온다.

"우리 점심 먹어야지."

"갑시다, 돼지순대국밥을 맛있게 잘 하는 식당이 있어요."

용팔이는 장에 올 때 마다 가끔 들리던 저잣거리 앵춘옥을 찾았다.

"어머나, 오라버니! 오랜만에 오셨네."

"명란이구나, 잘 지냈나?"

"그동안 보고 싶어 혼났는데, 앞으론 자주 좀 와, 내가 늘 그리워하는 거 알지?"

"내가 네 서방이라도 되나, 뭔 시답지 않은 소리냐? 잔소리 그만하고 순댓국 두 그릇 얼른 말아 와라."

명란이가 사라지고 나서 얼굴이 잔뜩 일그러진 각순이 기분이 몹시 상한 듯 한마디 쏘아붙인다.

"오라버니라니, 저 여자랑 잘 알아?"

"장삿속으로 하는 말이니 귀담아 듣지 마쇼, 저 여자는 누구나

다 오라버니고 다 친하게 지내니까요."

"하여튼 앞으로 조심하고 다녀야 해, 품행이 방정하지 못한 여자랑 절대 어울리면 안 돼, 알았지?"

"걱정 말래두요."

음식이 나오고 먹으면서도 기분이 안 좋았던지 재잘거리며 말 많던 각순이가 숟가락을 놓도록 끝내 말이 없다.

거리로 나오자 기다렸다는 듯 용팔이 팔을 각순이는 힘을 주어 꼬집는다.

"아니 왜요?"

"나도 용팔이를 내 마음대로 부르고 다정하게 하고 싶단 말이야, 앞으론 절대 이집 안온다고 약속해."

"알았어요, 우리 애기씨."

이렇게 기분 좋은 하루, 멋진 하루를 성거산 만일고개를 오가면서 아름다운 이야기, 달콤한 시간을 보내면서 멋진 미래를 설계하였지만 과연 그 꿈이 이루어질지는 미지수였다.

불행의 서막

장터를 다녀온 후 며칠이 지나서 눈치구단 용팔이 어머니 음전이가 뒷산 양지바른 곳으로 용팔이를 은밀히 불러냈다.

"엄니 도대체 얼마나 비밀스러운 말인데 이렇게 한적한 곳에 와서 해야 한단 말이요?"

"너 바른대로 말해라, 도대체 각순아가씨와 무슨 일이 있는거냐?"

"무슨 일이라니요?"

"요즘 너나 각순아가씨나 무엇인지 하는 행동이 너무 미심쩍단 말이다, 어미를 속이려 하지 말고 바른대로 말해라."

"아니 엄니 한집안 식구끼리 이야기 하며 지내는 것이 뭐가 그리 잘못이당가요?"

"내가 그 얘기를 하는 게 아니란 걸 네 놈이 더 잘 알지 않느냐."

"일 없구면요. 엄니."

사실 주머니에 땡전 한 잎 없는 마당에 용팔이는 각순이가 좋다, 싫다 아니면 장가가고 싶네, 이런 이야길 할 주제가 못됐다. 언젠가 장가를 가면 초가삼간 집이라도 마련해 준다는 첨지의 말에 그냥 기다리지만 차마 주인집 고명딸을 사랑한단 말을 어떻게 할까나 도대체 비빌 언덕이 있어야 꿈이라도 꾸지.

"엄니 너무 그러지 마소. 나 같이 미천한 놈은 누굴 좋아하면 안 되는 거유?"

"내가 그걸 말 하는 게 아니다, 너와 나에겐 차마 내 입으로는 말 못할 사정이 있어, 그러니 제발 이 어미가 통사정을 하마, 무슨 일이 있어도 절대 각순 아가씨를 좋아하면 안 된다."

"우리 엄니는 도대체 왜 그러는지 몰라! 만에 하나 내가 아가씨를 좋아한다고 칩시다, 세상에 내 색시 감으로 그렇게 참한 여자를 어디서 구합니까!"

"참하지, 세상에 둘도 없이 참하지! 그러나 이건 아니란 걸 명심해라."

그렇게 시간이 흘러가던 어느 날,
추녀 끝의 고드름을 타고 떨어져 내리는 낙수를 물끄러미 바라보던 용팔이는 각순애기의 부름에 퍼뜩 정신을 차렸다.

"용팔이, 용팔이."

"무슨 일이래요?"

'내방 시렁에서 뭘 좀 내려야겠는데 와서 좀 도와 줄래?'

안채 뒷방의 시렁에 있는 함지를 내리려는 각순애기의 부탁에 여인의 방엘 들어섰다.

알 수 없는 여인의 은은한 향내가 코를 감동시킨다.

"아가씨 이 냄새는 뭐요? 참말로 좋은데요."

"이건 전단 향나무 냄새야 좋지? 지난번 엄마 따라 성거산 정각사 절엘 갔는데 주지스님이 주신거야. "

선반의 물건을 꺼내려 발꿈치를 들고 내리는데, 뒤에서 가냘픈 여인의 몸이 그를 감싼다.

순간 아찔하고 알 수 없는 짜릿함이 몸을 감싼다.

"왜 이러세요?"

"용팔이 나 좀 안아줘, 지난번 장에 갔다 오고 나서 잠도 못 이루고 얼마나 기다렸나 몰라."

용팔이는 잠깐이었지만 쾌락에 취해 정신이 몽롱한 상태를 벗어나 이성을 회복하려 애썼다.

그러나 이 얼마나 기다리고 기다렸던 순간이었던가.

용팔이도 감정을 억제하지 못하고 자기도 모르게 그냥 각순애기를 안고는 입술을 더듬기 시작했다.

한편에서 '이러면 안 돼, 이러면 안 돼', 하면서도 잠재한 욕정의 본능은 용팔이를 거친 야수로 몰아가고 있다.

체내의 하얀 김을 뿜으며 애무를 하던 머슴 용팔이와 각순아가씨, 순간 뇌리에 엄니의 말씀이 머리를 스친다.

'이 놈아 아가씨는 절대 안 된다, 말 못할 사정이 있다.'

도대체 그 말 못할 사정이 뭐람, 내가 아무리 상놈이라도 사내인데 그 이상 뭐가 있을까,

생각이 거기에 미치자 잠시 망설이면서 난처한 얼굴을 하게 되고 이를 감지한 각순은 용팔이 얼굴을 바라보며 무언가를 갈구하는 눈빛으로 바라본다.

"아가씨, 아무래도 이건 아닌 듯 합니다가, 우리 떳떳하게 이야길 해서 허락을 받으면 안 될까요?"

"어떻게, 그러지 말고 우리 둘이 도망가면 안 될까?"

"그건 아니고요, 내가 궁리를 해 볼 테니 나를 믿고 조금만, 아주 조금만 기다려요."

그러면서도 둘의 포옹은 한동안 시간 가는 줄 모르고 지속이 되었다.

'무엇일까?'

깊은 사랑을 하지 못하고 언저리에서만 맴도는 이유가,

곰곰이 생각을 해 봐도 알 길이 없었는데,

며칠이 지난 어느 날 밤.

용팔이는 엄니의 미심쩍은 행동에 어렴풋이나마 짐작을 할 수가 있었다.

밤 말 잘 듣는다는 마루 밑의 서생원도 곤히 잠들어 있을 한밤중에 각순아씨의 생각에 잠겨 선잠을 자고 있던 용팔이는 인기척에 순간 정신이 들었다.

잠에 취해 있을 어미가 옷을 입고는 문을 열고 밖으로 나가는 것이다.

소피라도 보려나 보지했지만 한참이 지나도 소식이 없어 문득

호기심이 일어나 문을 열고 밖으로 나가서 살피니 아무리 둘러보아도 어미의 모습은 보이지 않았다,

한참을 집안 이곳저곳을 헤매다 사랑채 첨지어른의 방 댓돌에 어머니의 신발이 보이는 것이 아닌가.

"아니 왜 엄니의 미투리가 여기에 있지!"

호기심이 일어 살며시 방문 앞에서 귀를 기울이니 첨지어른과 엄니의 가쁜 숨소리와 속삭이는 목소리가 뒤섞여 들린다.

"이게 무슨 날벼락 같은 일이람, 왜 우리 엄니가 여기에 있지, 안방마님 알면 어쩌려고."

용팔이는 누가 볼세라 얼른 방으로 들어와 잠들어 있는 척하고, 얼마 후 엄니는 아무 일 없듯 들어와서 이내 코를 골기 시작했다.

용팔이는 머리가 복잡해지기 시작했다.

'설마 첨지 어르신과의 사랑 놀음에 엄니가 나와 각순애기의 일에 그렇게 반대를 하는 건가.'

어머니의 그 모습을 보고는 배신감이 들고 뒤통수를 얻어맞은 것처럼 이래저래 머리가 복잡하고 정신이 혼란스럽다.

여자 나이 불혹을 넘고 지천명에 다다르면 그야말로 할미소릴 들을 나이인데 쉰이 다된 엄니 음전이가 그 나이에 첨지와 그렇고 그런 사이라는 것이 영 마음이 불편하고 일이 손에 잡히질 않는다.

하긴 서방 없이 애 키우면서 얼마나 외로웠을까만,

'근데 나의 아버지는 도대체 누구일까.'

이제 까지 깊이 생각 해 본적이 없는 아버지.

'내일은 엄니에게 꼭 물어 보아야겠다.'

이렇게 마음속으로 다짐을 하곤 다음 날을 기다리며 잠이 들었

다.

다음 날 저녁 *쉬나무 열매 기름등잔에 불을 붙이며 용팔이는 어미에게 물어본다.

"엄니 내 아버지는 도대체 누구야, 살아계시나요, 죽었나요?"

"이놈아, 갑자기 웬 애비 타령이냐?"

"그러지 말고 속 시원히 말을 좀 해 보슈."

"용팔아, 네 아버지는 네가 돌배기 때에 아주 멀리 돈 벌러 가서 부자가 되기 전엔 안 온다 했으니 더 이상 묻지 말거라, 그리고 내 지난번에도 다짐했다만, 각순이는 절대 안 된다."

"왜요? 엄니가 첨지 어른과 뭔 사이라도 되나요?"

"뭔 사이라니, 너 그게 무슨 말버릇이냐?"

"왜 그럼 계속 각순이는 안되다는 겁니까? 어머니 때문에 이렇게 같이 묶여서 머슴살이하는 이 아들은 그런 생각도 안 되고 꿈도 못 꾸나요? 정말 너무 하십니다."

용팔이의 감정이 격해지다 보니 하마터면 자기가 알고 있는 비밀을 이야길 할 뻔했다.

엄니는 이놈이 뭘 알고 있나 싶어서 놀란 눈으로 물어본다.

"언젠가는 내 색시로 만들거니 그리아세요."

"이놈아 어깃장 놓지 말고 내 말 좀 새겨들어라 제발."

늘 그 말뿐인지라 용팔이는 듣기 싫다는 투로 방을 나와 버렸다. 사랑채를 바라보니 첨지의 글 읽는 소리가 청아하게 울려 퍼진다.

'글만 읽으면 대수인가, 내가 도망을 가야지, 언제까지 이러고 살아야 돼!'

날이 갈수록 미워지는 첨지어른이 오늘따라 때려주고 싶을 만큼 미움이 더 해진다. 우리 엄니와 다시 그 짓을 하면 신발을 감추던지, 똥을 뿌리던지 단단히 훼방을 놓을 것이라고 마음을 먹는다.

야반도주를 꿈꾸다

모처럼 아랫집 두철이와 뒷산에서 나무를 해서 지고 내려오던한가한 오후,
두 사람은 나뭇짐을 바쳐 놓고는 누워서 한가롭게 하늘을 본다.
"용팔아, 그런데 너네 각순아가씨는 언제 시집을 간다 더냐, 요즘 아주 물이 올라 예쁘던데."
"이 놈이 뭔 헛소리야, 누가 시집을 가."
"너 혹시 아가씨 짝사랑 하는 거 아냐, 그러지 말고 나한테 다리좀 놓아주면 어떻겠니?"
"이놈아 쓸데없는 소리 마, 한번만 더 그런말 하면 바늘로 네놈주둥이를 꿰매버린다."
"잘 생각해 봐라, 일만 성사되면 너한테도 논 두 마지기 챙겨줄 테니까."
"이놈이 그래도!"
두철이의 잡담에 일침을 놓고는 생각에 잠긴다.
각순아가씨의 고운 모습이 그를 유혹하듯 손짓을 하며 부른다.
배시시 웃으며 혼자 그는 속으로 중얼 거린다.
'그려 조금만, 아주 조금만 기다리시오, 기필코 내 색시를 만들거니.'
용팔이 는 생각을 해 봤다.

'각순아가씨를 데리고 야반도주를 하면 어디로 갈까, 멀리 아주 멀리 아는 사람이 하나도 없는 머나먼 곳으로 가서 오순도순 살아가야지. 그래! 농사를 지을 수 없으니 배를 타고 물고기 잡는 것도 괜찮을 거야, 어차피 배타는 데는 큰 밑천이 안 드니까, 서쪽으로 가다가 보면 바다가 나올 거야, 그래, 바다가 있는 마을로 가자.'

생전 바다라고는 구경도 못해 본 용팔이는 그렇게 멀리 가야 아무도 찾지 못할 것이고, 둘이 잘 살 수가 있을 것이란 순진한 생각을 한다.

우선은 돈을 모아야해 그래야 배도 사고 집도 짓고 하지. 생각이 이렇게 미치자, 용팔이는 마음이 급해졌다.

우선은 나의 계획을 각순이에게 이야길 해서 동의를 얻어야 해, 이따 기회를 봐서 불러내 말을 해야지.

그런 그의 마음을 두철이는 아는지, 모르는지 계속 주절대지만 용팔의 귀엔 전혀 들리지 않는다.

그날 저녁,

달빛이 고고히 대지를 비추는 밤, 각순이와 용팔이는 동네 큰 느티나무 아래에 앉았다.

누가 볼까 도둑고양이처럼 살금살금 둘이는 그렇게 앉아서 서로 마주보며 어둠에서도 눈길을 주고받는다.

손을 잡고 각순아가씨를 잡아 당겨서 두 팔로 그녀를 안아 자기의 품으로 감싼다.

가쁜 숨을 몰아쉬면서도 반항은커녕 더욱 용팔이의 가슴을 파고드는 각순이,

"애기씨 내말 잘 들어요, 난 각순아가씨 없으면 하루도 못살아요, 그러니 우선 나의 계획을 들어보소."

하면서 용팔이는 낮에 생각해 두었던 것들을 하나, 둘 이야기를 한다.

한참을 듣고 있던 각순아가씨가 묻는다.

"우리 언제 가는데?"

"음, 언제 갈까?"

"아주 빨리, 난 아무도 없는 곳에서 용팔이와 단둘이 살고 싶어."

"처음엔 아주 많이 힘이 들 텐데?"

"아무렴 어때, 난 농사도 지을 수 있고, 밥도 할 수 있고 애기도 잘 키울 수 있어,"

"그게 생각처럼 쉽지가 않아. 왜냐하면 우리는 가난해서 가진 돈이 없잖아."

"돈?"

"그럼, 아마 천 냥은 있어야 할 걸, 집도 없고 세간 도구 아무것도 없잖아."

"아 그렇지, 돈이 필요하겠네! 나도 한번 모아 볼게."

한 사람이 모으는 것 보다 두 사람이 더 쉬우리라.

게다가 첨지 고명딸이니 아버지한테 말만 잘하면 아마 용돈도 꽤 쏠쏠하리라.

야밤의 밀회에서 이렇게 의기투합이 된 두 사람은 그날부터 차근차근 한잎 두잎 돈을 모으기 시작했다.

위기에 강한 것이 여자라고 했던가!

어서 어떻게 마련을 하는지는 몰라도 용팔이가 백 냥을 모으는 동안에 각순인 팔백 냥이나 모았다.

어느 덧 그들의 뒷주머니가 두둑해질 무렵이 되어 한 밤중에 둘은 드디어 결행할 날짜를 모의했다.

우선은 밤길을 걸어야 하니 달 밝은 보름날로 정하고 옷가지는 각자가 가볍게 들을 수 있는 최소한의 보따리를 만들기로 했다.

"용팔이 겁나지 않아?"

"겁나긴, 이렇게 예쁜 색시를 얻는데 어찌 겁이 날까. 언젠가 아주 먼 미래에 우리가 애 낳고 살다가 보면 어른들도 이해를 하시겠지."

시끌벅적 요란했던 두레패의 풍물과 마을의 풍년을 기원하는 단오행사가 지나고 이제 열흘만 지나면 부모님과 이 집, 이 동네와는 영원히 이별이다.

각순이는 부모님께 더욱더 극진한 효도로 이별의 날까지 최선을 다하리라 마음을 먹고 집안일에 신경을 쓰며, 부모를 거들었다. 그런 각순을 바라보는 첨지는 그 속마음에 깔린 계획을 모른 채 딸에 대한 칭찬만 늘어 놓는다.

'어느새 저놈이 저렇게 철이 들었을까, 나이도 찰만큼 찼으니 빨리 좋은 배필을 찾아 봐야겠어.'

하나 뿐인 여식이 볼수록 예쁘고 대견하다.

한편,

돈을 좀 모아서 용팔이와 따로 나갈 준비를 하는 음전이는 자신의 곳간에서 한푼 두푼 빠져나가는 낌새를 채고 용팔이를 다그치나 좀처럼 입을 열지 않는다.

"어미가 종살이 그만하고 너와 나가서 살려고 마련한 돈인데,

그걸 가져가 뭘 하려고 손을 대느냐, 이놈아?"

"엄니, 내가 가져 간 게 아니니 다그치지 마시오."

"그럼 누구란 말이여, 참말로 귀신이 곡을 하겠네."

"어머니가 착각하는 것이여."

찔리긴 하였지만 그렇다고 이실직고 하고, 마음이 약해지면 아무것도 안 된다.

파국(破局)

운명의 날이 밝았다.

하루라는 시간은 정말 길기도 하다. 밤을 기다리는 두 사람은 약속이나 한 듯 먼발치서 서로 눈빛을 주고받으며 주위의 눈치를 살피고 밤을 기다린다.

모든 역사는 밤에 이루어진다고 했던가.

사랑의 역사도, 미래를 꿈꾸는 자들의 역사도, 애정의 도피를 추구하는 무리들의 역사도 모든 것은 밤에 이루어진다.

저녁을 마친 두 사람은 휘영청 밝은 달에 사람들이 잠 못 들까 내심 걱정을 하면서 빈잠으로 시간을 보낸다.

용팔이는 술(戌)시를 알리는 야경꾼의 딱따기 소리를 듣고는 조용히 자리를 박차고 밖으로 나왔다.

저만치 느티나무 아래에 하얀 모습이 보인다.

'나보다 먼저 나와서 기다리는군.'

좌우를 둘러보곤 급히 발길을 옮긴다.

가까이 다가가니 각순이가 반색을 하며 반긴다.

"왜 이렇게 늦었어? 나는 한 시진이나 기다렸는 걸."

"알고 있었지만 엄니가 잠을 안 들어서."

용팔이는 각순이의 짐을 들고는 길을 재촉한다.

"오늘 우리가 힘들어도 날이 새기 전에 병천 장터까지는 가야 해."

그러나 얼마 가지 않아 밤의 적막을 깨고 용팔이를 부르는 소리가 들린다.

"용팔아~"

"용팔이를 부르는 소리가 아녀?"

"용팔아~ 용팔아~"

멀리서 들려오는 소리였지만 분명 엄니가 자기를 찾고 있는 게 분명했다.

"아니 잠을 자야할 엄니가 어떻게 날 찾는 것인가."

"용팔아 안 된다, 안 돼."

울부짖으면서 들리는 소리는 점점 더 가까워 오고 용팔이는 잠시 서서 고민을 하다가 어미를 설득하겠다는 마음을 먹고는 가던 길을 멈추고 우두커니 서서 어미를 기다린다.

"용팔아 안 된다."

점점 가까워 오는 소리, 그 소리는 절규가 되어 밤하늘에 퍼지고 용팔이는 어찌 할 줄을 모르고 각순이는 어서 빨리 가자고 채근을 한다.

그러나 어머니를 저렇게 놔두고 가면 안 되겠다 싶어, 설득을 하던지 모시고 가든지, 양단간의 결정을 해야지 하는 생각에 기다렸다.

잠시 시간이 흐르고 음전이가 그들이 있는 곳으로 왔다. 신발도 신지 않고 머리는 산발을 한 채로 그들 앞에 와서는 용팔이의 다리를 잡고는 털썩 주저 앉는다.

"안 된다, 안 돼."

그리곤 이내 실신을 하였는지 길바닥에 누워 버리고, 놀란 용팔이는 어미를 흔들어 깨운다.

"엄니, 엄니, 뭔 일 이유, 어서 일어나시오, 응."

한참을 그렇게 흔들어 대니 어미는 정신을 차리고 자리에서 일어선다.

달빛에 비친 음전의 모습은 참으로 안타까울 정도로 얼굴은 눈물로 얼룩지고 발바닥과 발등에서 피가 흐른다.

얼마나 다급했으면 이리 됐을까 싶게 그야말로 행색이 말이 아니다.

"안 된다, 너희 둘은, 너희 둘은."

차마 말을 잇지 못한다.

"엄니 무슨 이야기요? 우리 둘이 뭘 어쨌단 말이요."

"너희 둘은 이복남매니라."

"예?"

둘은 동시에 되묻는다.

"아니 그게 무슨 말이요? 도망 못하게 별 말을 다 만드세요."

"아니다, 너희 둘은 이복남매이다. 첨지어른이 용팔이 네 아버지란다."

더 놀란 건 각순아가씨, 절규에 가까운 소리로 묻는다.

"아니 아줌마 그 게 무슨 말이야, 용팔이 아버지가 우리 아버지라니?"

"그래서 내가 안 된다고 했잖느냐? 이 어미가 얼마나 말렸는데, 네가 어미 죽는 꼴 보려고 작정을 했구나, 흑흑."

이런 경우를 망연자실이라 했던가. 두 사람은 정신이 혼미 해진다.

그동안에 서로 애틋하게 가꿔온 사랑탑이 한 순간에 와르르 무너진다, 기분이 허탈하고 허무하다.

그랬다.

어릴 때 이집에 흘러 들어와 온갖 궂은 일을 하며 살아온 음전이를 어느 때인가 첨지 눈에 들어 몸을 취하고 애를 가졌으니 그건 순전히 음전이 혼자만 아는 비밀이고 첨지는 알 턱이 없고, 혹여 안다고 해도 내 자식이라고 떠벌리고 다닐 형편도 못된다.

어디서 어느 놈하고 붙어서 난 자식이냐고 묻고 되묻는 안방마님의 채근에도 입을 꾹 다물고 오직 용팔이는 종살이를 안 시킨다는 생각으로 키웠건만, 이렇게 남매가 사랑에 빠질 줄이야.

각순이가 슬피 운다.

때맞춰 하늘에서 하나, 둘 빗방울이 눈물되어 대지를 적신다.

허탈한 용팔이는 어미 보다는 각순을 위로한다.

"내게 이렇게 고운 동생이 있었다니, 알아보지 못한 이 오빠를 용서해라."

"흑흑. 오빠!"

"어서 그만 집에 가자꾸나, 이러다 날 새면 동네 창피해 다니지도 못한다."

용팔이는 엄마를 등에 업고 발길을 되돌리며 생각을 해 본다.

진즉에 내게 이런 이야기를 해 주었으면 세 사람 모두 마음의 상처를 입지는 않았을 텐데, 돌이켜 보니 어머니가 너무도 원망스러웠다.

용팔이는 각순일 위로 하였다.

"각순아, 비록 우리가 이복남매로 사랑도 이룰 처지가 못 되었지만, 다음 생에는 꼭 좋은 인연으로 다시 만나자, 이렇게 예쁜 여동생이 생긴 걸로 나는 위안을 삼을 테니, 부디 이 못난 오빠를 용서해라."

"용서라니, 내가 잘못이 더 큰데 내가 용서를 빌어야지 이렇게 좋은 오빠를 몰라봤으니."

하늘로 날아간 한 마리 새

이 무슨 기구한 운명의 장난이란 말인가.

세 사람은 아무 일 없었다는 듯 집으로 왔고, 며칠이 지난 어느 날,

각순이는 아버지에게 그동안 준비해 두었던 돈을 주면서 부탁을 한다.

"아버지 이 돈으로 용팔이 집을 하나 장만해 주면 안될까요?"

"아니 무슨 소리냐?"

"용팔이가 너무 힘들어 보이고 나이도 들었으니, 아버지가 장가도 보내주고 집과 작은 땅이라도 마련해 주었으면 해서요."

"내가 생각은 하고 있다만, 이 돈은 어디서 난거냐?"

"그동안 제가 한, 두 푼 쓰지 않고 모은 돈이지요."

"그래, 나도 그런 생각을 했다만, 너의 뜻이 그러하니 내가 이 돈을 그렇게 쓰마."

광풍인지 미풍인지는 알 수 없지만 그날 이후, 용팔이는 의욕이 떨어지고, 아버지를 아버지라 부를 수도 없는 처지이고 모든 일이 다 귀찮아지면서 그만 자리에 누워 시름시름 앓기 시작했다. 그렇게 사랑했는데 그렇게 좋아하고 꿈을 키워왔는데, 하필이면 동생이라니, 그런데 같은 아비를 두고 아버지라 부르지도 못하고 이렇게 시간이 흐르니 달라 진 것이 아무것도 없는 것에 너무도 원망스럽고 세상이 싫었다.

언젠가는 인정을 하고 작은 오두막이라도 하나 마련하겠지만 그런다고 키워온 꿈이 실현되는 것도 아닐진대 차라리 다음 생이나 기약하는 게 나을 성 싶었다.

'내가 살아서 뭘 하겠나, 아름다운 각순이 아니 내 동생아, 널 생각하면 부끄럽고 미안하고, 하지만 후회는 없다, 어차피 모르고 한 사랑인데 무슨 상관이냐. 다음에, 아주 먼 훗날, 어느 생에 우리가 다시 태어 날 수 있다면 그땐 정말 남남으로 만나서 사랑하고 행복을 만들어 가면서 잘 살아보자.'

이렇게 되새기면서 매일 매일 일도 안하고 누워만 있고, 기골이 장대하던 몸은 눈에 띄게 수척해 있으니, 가뜩이나 농사철에 바쁜데, 큰 일손이 저러고 있으니, 온 집안 식구들이 난리다.

'실성을 한 것 일까? 아니면 객기를 부리는 것일까.'

자리를 털고 일어난 용팔이는 일보다는 주막을 드나들며 동안에 모아 두었던 돈을 술로 탕진한다.

술을 먹고 지나가는 길손에게 시비를 걸고 싸우는가 하면 이웃 아낙들에게 수작을 부리고 성실히 일 잘하고 각순이만 알던 그 모습은 어딜 가고 순간에 사람이 저리 변할 수도 있는 것일까,

모두들 수근 거린다.

어떻게 알았는지 동네 아낙들이 용팔이의 객기가 다 각순이 때문이라고 온 동네에 소문이 퍼져나간다.

"용팔이가 각순일 어떻게 하질 못하니 돌았나봐."

"그러게 누가 그러는데 둘이 도망가다가 잡혔다나."

"아니 그런 일이 있었다고?"

"야경꾼이 그걸 다 봤다고 하더라고."

입소문이란 것은 한 입을 건널 때마다 확대되고 재생산되어 종래에 가서는 호미로 막을 일을 가래로도 못 막는 비극이 발생한다.

소문이 꼬리를 물다보니 드디어 첨지의 귀에까지 들어가게 된다.

화가 치밀 대로 치민 첨지가 용팔이를 불러 놓고는 다짜고짜 작대기로 등짝을 내리쳐 후려갈긴다.

외마디 비명을 지르며 넘어진 용팔이. 도망도 안가고 울지도 않고 사정없는 매질에 그냥 당하기만 한다.

더 이상 때리기가 싫었던지 손을 멈춘다.

"이놈아, 그렇게 비싼 밥 먹고 되지도 않는 소문이나 남길 것이면 차라리 나가라."

하고는 작대기를 던지고는 사라진다.

용팔이는 아버지를 속으로 수없이, 부르며 원망을 하지만 차마 입은 열지 못하고 울면서 자기 방으로 들어간다.

다음 날 새벽,

생원 댁 대문을 한동네 사는 사람이 요란하게 두드린다.

"여봐요, 여봐요 사람이 죽었어요."

행랑채에서 문을 열고 나온 음전이가 문을 열어 준다.

"개똥이 아버지가 새벽부터 무슨 일이세요?"

"무슨 일이나마나 이 사람아, 자네 아들 용팔이가 목을 매고 자진을 했어."

"목을 매다니요?"

음전이가 용팔이 방문을 여니 아무도 없다.

"아이고, 내 새끼 어디 있나?"

아무 소리도 못하고 털썩 땅바닥에 주저 않는다.

안채에서 사람들이 나오고 용팔이가 목을 매고 죽었다는 말에 각순애기도 졸도를 하고. 놀란 첨지는 개똥아범을 붙잡고 사정을 듣는다.

"이사람 박 서방 도대체 어찌된 일인가?"

"내가 새벽에 물꼬를 보러나가는데 나무에 누가 매달려 있어 가보니 이집 용팔이가 목을 매고 자진을 했네요, 빨리 가 봐요."

모두다 통곡을 한다.

하늘도 슬퍼했음인지. 간간히 비를 뿌리고, 이 세상에 태어나 아버지를 한 집에 두고 매일 보면서도 아버지라 한번 부르지 못하고 이복동생을 사랑하다 허물이 되어 아버지라고 불러보지도 못한 아비에게 심한 매질을 당한 서러움에 눈물로 긴 밤을 지새우다가 원망과 한을 남기고 저 세상으로 가버린 외로운 새 한 마리. 정신을 놓은 채 맨발로 느타나무 아래 현장으로 온 음전이는 대성통곡을 한다.

"아가 ! 이놈 내 아들 용팔아! 네가 그렇게 가면 이 어미는 어떻게 살라고 이 어미의 가슴에 대 못질을 하느냐."

그런 음전을 바라보는 첨지는 애써 외면하지만, 동녘하늘의 여명을 바라보며 눈시울을 붉힌다.

얼마 후 기절했던 각순이가 달려온다.

"오빠, 미안해, 나 때문에 이리된 거 다 알아."

오빠라니 사연을 모르는 사람들이 각순을 쳐다본다.

그러나 각순은 아랑곳 않고 아버지 김 첨지를 바라보며 원망 섞인 말을 한다.

"아버지가 오빠를 죽인거야, 자기 자식도 몰라보고 그렇게 매정하게 작대기로 매질을 하니 얼마나 분하고 원통했으면 이렇게 자진을 했겠어."

"아니 각순아, 너 뭔 소리를 하는 것이냐? 누가 네 오빠고, 내 자식이란 말이냐."

"아니 아직도 그걸 모른다고 변명을 하는 거예요?"

그렇다.

비록 음전이를 처녀 적부터 자신이 취하곤 있었지만 사실 음전이가 말을 하지 않아 용팔이가 자신의 자식임을 알 수 없는 첨지이기에 놀라는 건 당연 한 것이리라. 첨지가 음전을 바라본다.

"이보게 음전이 뭐라 말 좀 하게."

무슨 말이 필요할까, 아들을 잃은 슬픔에 아무 소리도 들리지 않는다.

그저 하늘이 무너져 내림에 함께 자진하지 못함을 책망만 할 뿐이다.

회자정리

  분위기가 이상하게 돌아감을 눈치 챈 첨지는 서둘러 사람들과 시신을 수습하여 집으로 향했다.
행랑채 용팔이의 방에 시신을 안치 한 후 김 첨지는 조용히 음전이를 불렀다.
  "이보게 음전이 어찌된 일인지 자세히 좀 말하게."
  "모든 게 사실입니다. 용팔이는 분명 쇤네의 자식이면서 어른의 자식이기도 합니다. 안방마님의 후환이 두려워 제가 입을 닫고 있었을 뿐입니다."
  "그럼, 옛날에 이야기 했던 도망간 머슴이 애비란 말은 뭔가?"
  "그건 제가 하도 물어봐서 둘러댄 것이지요."
  "아, 이 일을 어쩌면 좋은가!"
장탄식이 흘러나온다,
  "내가 후사가 없어 늘 걱정을 했는데, 내 아들을 내가 죽였단 말인가."
간접 살인, 그랬다.
그나마 붙어있는 목숨이라고 방탕한 생활을 며칠간 했지만 죽을 정도로 처절한 마음은 아니었는데, 생원의 작대기 매질에 밤새 고민을 한 용팔이는 차라리 죽음으로 인생을 마감하는 것이 올바른 선택이란 걸 모두에게 알리고 싶었던 것이다.

생원은 탄식 또 탄식이다.
  '이놈이 얼마나 힘이 들었으면 목을 매고 자진을 했을까.'

그동안 아무 말도 없이 삽 십년을 살아온 음전이가 너무도 원망스러웠다.

옛날 도망친 머슴 놈의 씨라고 늘 생각하며 부려먹었는데, 자신의 새끼라니, 가슴이 쓰리고 애간장이 녹는다.

그렇게 서로 간에 원망과 애증이 교차되고 나서 처절하고 안타까운 가정사를 마무리하면서 김 생원은 조용히 부인과 마주 앉았다.

"임자, 내 긴히 부탁할 말이 있소."

"무슨 말인데 이렇게 심각하십니까?"

"임자가 양보를 해 주어야 할일이 하나 생겼소, 사실 나도 이번에 용팔이가 내 자식이란 걸 알았지만 너무 늦게 알아서 이 모양이 됐소, 하여 음전일 내 후처로 들이고자 하니 임자가 좀 양해를 해 주구려, 내가 음전이에게 달리 보상할 방법이 없소."

"나는 한집에서 두 처첩을 거느리고 사는 당신 꼴은 못 봅니다, 차라리 이집에서 내 보내고 따로 집과 농토를 장만해 줘요."

"그러지 말고 한집에서 살면 아니 되겠소? 아무리 생각해도 그게 최선책이요."

"안됩니다, 그럼 내가 나갈테니 내게 집과 농토를 장만해 주고 음전일 데리고 살던지 하세요."

격앙된 목소리로 부부간에 말다툼이 벌어지고, 음전네는 밖에서 그 소리를 듣게 된다.

음전이는 혼자서 뇌까린다.

'사람이나 짐승이나 떠날 때가 되면 떠나야지. 내게 더 이상 이 집에 무슨 미련이 있겠나!'

두 사람의 말다툼이 어떤 결말이 나듯 음전은 떠나기로 결심을
하였다.

저잣거리 주점에서 허드렛일을 하던, 머리를 깎고 절에 들어가
중이 되던, 용팔이가 없는 이집보다는 마음이 훨씬 더 편할 것
이다.

그사이 다툼이 멈췄는지 안채에선 잠잠하다.

음전은 자신의 방으로 들어와 주섬주섬 보따리를 싼다, 이왕 가
는 거 빠른 시일 내에 더 멀리 가는 것이 상책이리라.

  다음날 아침,

조반상을 치우고 음전은 조용히 사랑채에 다가가 문밖에서 인
기척을 냈다.

"음전이가 드릴 말씀이 있네요."

문이 열리면서 김 생원이 묻는다.

"아침부터 웬일이야?"

"들어가서 상세히 말하겠습니다."

"그러시게."

방안에 들어서니 안기를 권한다.

"그래, 뭔 말인가?"

"저 그만 이집에서 나가고 싶으니 허락을 해 주세요."

"그게 무슨 소리야?"

"제 새끼도 몰라보고 죽음으로 내몬 영감님과는 이제 한집에
살기가 싫습니다."

"내 그리잖아도 어제 안사람과 이야길 했네, 자넬 따로 살림을
내주기로 말일세."

"전 이제 영감님 간섭 안 받고 절에 들어가 평생 속죄하면서 살렵니다. 아무 말씀 마시고 조용히 보내 주세요."

"절엘 들어간다고? 그럼 머리를 깎을 셈인가."

"머리를 깎던 부엌에서 허드레 일을 하건 내가 알아서 할 테니 그냥 곱게 보내 주시기만 하면 됩니다."

"그럼, 어느 절로 갈 셈인가, 가는 곳이라도 알려주면 안 되겠나?"

생원는 자신의 옆에 있는 화초장을 열고는 지난번 각순이가 준 돈과 자신이 가지고 있던 돈을 합쳐서 음전에게 내 놓았다.

"이거면 어디 가서 힘들지는 않을 걸세, 보상이라고 생각하지 말고 그냥 받아두게나, 살면서 가장 필요한 것이 돈 아니던가."

"그런 말씀 하지 마세요, 저는 가장 필요한 게 돈이 아니고 아들이었습니다."

갑자기 용팔이 생각에 눈물이 쉼 없이 줄줄 흘러내린다.

음전이는 돈을 뿌리치고 싶었지만 지난 사십 여년의 보상이라 생각을 해보니 죽어라 일만하고 때로는 첨지의 노리개로 살았던 자신이 보상을 받아야 하겠다는 생각이 든다.

올 때는 빈손으로 들어왔지만 빈손으로 나가긴 싫었다.

돈을 챙겨들고 나온 음전은 자신의 방으로 돌아와 간단한 세간을 챙겼다.

이왕 떠난다면 하루 빨리 가는 게 자신의 사십년 종살이를 마감하는 것이 아닌가.

이 무렵,

각순이는 안채에 틀어박혀 바깥출입을 삼갔다.

용팔이를 보낸 것도 문제지만 마을 사람들의 손짓과 수군거리는 소리를 받아들이기가 너무 힘이 들었다.

용팔이의 뒤를 따라 자진을 하고 싶었지만 막상 실현을 하자니 용기가 나질 않았다.

'어쩌면 용팔이 오라버니가 날 저승에서 빨리 오라고 기다리고 있는 건 아닐까, 저승길이 멀다지만 마음먹기에 따라선 지척이 될 수도 있는 것인데. 하늘이 만약 우리를 맺어 준다면 언젠가 어느 생에 만나는 그 사람이 어쩌면 용팔이 일수도 있을 거야. 그를 만날 때 까지 열심히 살자, 아마 그걸 오빠도 바랄거야.'

각순이는 그날 이후 비록 밖은 나오지 않았지만, 결코 자신을 학대하거나 죄책감에 울지는 않았다.

만약 하늘이나 저승에서 오빠가 나를 보고 있다면, 부모님 잘 모시고 살고, 또 자신의 몫까지 행복하라는 말을 해주고 또 빌어줄 것이다.

다음 날.

음전인 생원 내외에게 이별의 인사를 한다.

"그래 어디로 갈 셈 인가?"

"어딜 가던 이 한 몸 안 받아주겠습니까!"

안방마님의 물음에 한마디 던지고는 매몰차게 돌아섰다.

그렇게 그녀는 떠났다.

사십여 년을 몸담고 살아온 집,

용팔이 가 있었다면 어쩌면 이집에서 생을 마쳤을지도 모르지만 아들이 없는 이집에 더 이상의 미련도 의무도 없다.

차라리 잘된 일인지도 모른다.

'그래, 가자!'

생원 내외는 대문을 나서는 음전을 배웅하고, 각순이는 자신의 방에서 두문불출 눈물만을 삼킨다.

지게를 진 만식이 아버지를 앞세우고 보따리를 등에 메고 머리에 이고 사십여 년 살았던 김달중의 품을 떠났다.

일 년이 될지 십 년이 될지는 모르지만 남은 생을 머리를 깎고 속죄하는 비구니로 살아가겠다는 생각으로 미련 없이 떠난다.

뒤를 돌아다볼 겨를도 없고 생각도 없이 땅바닥만 바라본다. 앞에서 빠른 걸음으로 길을 재촉하는 남정네를 따라 가기가 벅찼지만 동네 사람들의 눈총이 무서워 뒤를 돌아다 보지도 못하고, 쉬었다 가자는 소리도 못하고 눈물과 한숨을 섞어 내보내면서 걸어간다.

그 뒤로 하나, 둘 동네사람들이 손을 흔들어 떠나는 음전이를 배웅한다.

-1부 끝 -

지는 잎 자리에 새잎이 돋아나는
염부나무처럼 그동안 맺어놓은 선연(善緣)들이
하나, 둘 우리의 곁을 떠나지만
또 다른 모습으로 다가와
빈자리를 채워줄 것이다.
거미줄에 매달려 간당거리다
사라지는 물방울 같은 인생
그들은 지금 어디쯤 가고 있을까
어떻게 살고 있을까.

두 번째 변주
엇갈린 운명

웃음도 눈물도 그리 오래가는 것은 아니다.
사랑도 미움도 욕망도 한번 스치고 지나가면
마음속에 아무런 힘을 미치지 못하는 것이니
지난 것에 슬퍼하지 말고,
오지 않은 것에 기대하지 말라
허욕을 버리면 마음이 맑아진다.

불운의 서막

"하나, 둘, 하나, 둘. . . ."

저벅 저벅 박자를 맞추는 듯 군홧발 소리가 동네 입구부터 요란스럽게 들린다.

일본군 여섯 명이 일렬종대로 열을 지어 마을마다 다니면서 공포감을 심어놓고 다닌다. 철없는 아이들은 뭐가 그리도 신이 나는지 그 뒤를 졸졸 따라 다니면서 놈들의 흉내를 낸다.

대열의 뒤에는 주재소의 순사들이 징용자 모집 안내 전단을 마을마다 도배를 하듯 붙이고 다닌다.

사탕가루를 발라놓은 당의정(糖衣錠) 같은 속임수일지 모르지만 숙식제공은 물론이고 월급을 촌 동네에서는 구경도 하기 힘들만큼 많이 준다고 쓰여 있다.

그러나 그 말을 믿는 사람도 없거니와 마을의 젊은 사람들 중 일부는 두만강 건너 북쪽의 북간도로 떠나 버리고 그나마 남아 있는 젊은이는 산에 움막을 짓고 숨어살거나 마을에 오는 낯선 사람 감시를 보면서 도망갈 궁리를 한다.

물 맑은 청풍의 좋은 터에 자리 잡은 이 마을은 옛날부터 자주 무지개가 피어올라 무지개 마을이라 불리는 홍예마을이다. 이렇게 아름다운 홍예마을에도 어김없이 왜놈들의 군홧발 소리가 들린다.

미처 피난을 못한 마을의 청년회 수근은 헛간 지붕아래 대들보 있는 공간에 수수깡이대를 묶어 엮은 발을 둘둘 말아 촘촘히 하여 숨을 공간을 만들어 놓고, 순사들이 나타나면 그곳에 숨고 조용하면 나와서 생활을 하면서 놈들의 눈을 피해 왔다.

대대로 자손이 귀한집이고 수근의 부친도 군역으로 함경도에서 복무 중에 만주 마적들의 습격으로 목숨을 잃어 어머니는 아들마저도 이들에게 빼앗기면 안 된다는 생각에 고육지책으로 생각해낸 방법이 등잔 밑이 어둡다고 설마 놈들이 헛간 천장을 볼까 하는 생각으로 수근을 그곳에 숨겨둔 것이다.

왜인들은 마을마다 자신들을 추종하는 사람들을 포섭하여 인간사냥의 앞잡이로 부려먹으니 사람들은 그들을 검정새치(일본의 앞잡이)라고 이름을 지어 놓았다. 순사들은 그들을 앞세워 수시로 나타나 죽창을 들고는 나뭇단 사이를 찔러보고 이곳저곳에서 거드름을 피우며 젊은 사람 찾기에 혈안이 되었다.

"계시오?"

칠순의 수근 모친이 문을 열고 밖을 내다본다.

"이 집 아들 이수근이 어디에 있소?"

"우리 아들은 돈 벌러 간도로 떠난 지가 몇 달이 지났는데 왜 찾나요?"

"거짓말, 어제도 봤다는 사람이 있는데 어디서 헛소리를 지껄이고 있는 것이요?"

"그건 잘못 본거요."

"입씨름할 시간 없다, 얘들아 뒤져라."

놈들은 신발을 신은 채 집안으로 들어가 방구석구석을 뒤지고 수근이 보이지 않으니, 어머니를 잡고 협박을 하기 시작했다.

"너 집에 숨은 거 다 안다. 안 나오면 너의 어미를 잡아가서 네가 나타날 때까지 주리를 트는 고문을 할 것이니 그리 알라."

헛간 수숫대 위에 숨어 있던 수근은 어머니가 걱정이 되어 그야말로 안절부절이다.

'내가 징용을 피하려고 어머니를 욕보이는 구나.'

잠시 고민을 하던 수근은 헛간 천장에서 뛰어내렸다.

부엌 아궁이에서 나온 재를 쌓아둔 곳에 생각없이 뛰어 내려 그만 재를 흠뻑 뒤집어 쓰고는 거지꼴이 되어 다리를 절룩거리며, 밖으로 나왔다.

"내가 여기 있다. 우리 어머니를 욕보이지 말고 나를 데려가라."

"하하하. 쥐새끼처럼 잿더미 속에 숨어 있었구먼, 진작 나왔어야지 다리를 절룩거리며 병신이 되어 나오면 황국신민의 도리를 어찌 행하겠나."

숨어 있어야할 수근이 나오니 다리에 힘이 빠진 노모는 그만 땅바닥에 털썩 주저앉고 말았다.

말이 돈 벌러 가는 것이지 온갖 노역 다하다 끝내는 이용가치가 떨어지면 돌아오지 못하고 개죽음으로 끝날 것이 빤한 길을 어찌 보내겠는가.

수근은 이웃마을에 고지기로 살아 자주 보아왔던 일제 앞잡이 두 놈을 향해 냅다 소리를 질렀다.

"이놈들아, 내 네놈들 얼굴 똑바로 기억하고 복수할 것이다. 같은 민족 팔아서 얼마나 잘 사나 두고 보자, 이 나라가 해방이 되면 네놈들 말로는 세상에서 가장 비참한 죽음이 될 것이니 명심해라."

수근은 같은 동족이 앞잡이가 되어 젊은 사람을 찾아다니는 꼴이 분하고 원통하여 온갖 악담을 퍼부었다.

놈들이 그래도 양심은 있어 가슴이 찔렸는지 움찔하며 왜경들 뒤로 물러서서 모습을 감춘다.

수근은 노모를 위로했다.

"어머니 제가 금방 돌아 올 것이니 걱정 마시고 식사 항상 챙겨 드시고 건강히 계세요."

그리고 왜경을 향해 돌아섰다.

"가자."

울고 있는 어머니를 뒤로 한 채 수근은 그렇게 떠났다.

주재소에서 트럭을 타고 도착한 곳은 군(郡) 공설운동장으로 이미 많은 젊은이들이 끌려와 있었다.

확성기에서 시끄럽게 나오는 군가소리가 임시로 천변에 만들어진 운동장이라서 사방으로 퍼져나가 무슨 소리인지도 모르게 왕왕 거리면서 사람들의 귀를 괴롭힌다.

특이한 것은 한쪽에는 마중을 나온 것 같지는 않은 젊은 처녀들도 많이 모여 있어 의아했다.

'여자들은 힘도 없는데 무슨 일을 시키려고 끌고 왔지.'

이때 둥근 혼 스피커에서 탁한 음성이 흘러 나왔다.

대충 들어보니 내선일체(內鮮一体)야 말로 진정한 조선을 위하는 길이라는 어처구니 없는 말장난으로 사람들을 현혹시키고 있는 것이다.

'흥! 네 놈들이 아무리 그래봤자 언젠가는 나락으로 떨어질 것이다.'

일본인 빼고는 모두가 아는 민족정기 말살정책이 내선일체인걸 다 아는데 눈 가리고 아웅이다.

그러나 연설 끝에 더러는 박수를 치는 쓸개 빠진 놈들도 있다. 생각이 있는 사람인지, 아니면 중간 중간에 심어놓은 검정새치인지 알 길이 없지만 우리 민족에게 저런 사람이 있다는 것이 수근은 끌려가면서도 부끄럽다.

이들은 이곳에서 작업복과 이동을 하면서 먹을 수 있는 봉투를 하나씩 받고는 근처의 제천 역으로 이동을 했다.

전쟁포로도 아니건만 양쪽으로 무장을 한 병사들이 총을 들고 감시하니 탈출이라도 한다면 현장에서 총살을 당할 분위기 이다.

필사의 탈출

기차 화통에선 목탄을 태워서 나오는 검은 연기를 자랑인 듯 십여 미터를 직선으로 내뿜고 기적소리를 울리면서 기차가 제천역을 출발해 원주를 향했다.

여덟 칸으로 이루어진 기차엔 앞 열부터 첫 번째 칸은 행정을 보는 칸이고 뒤 여섯 량(量)은 남자들을 태우고 마지막 한 칸은 여자들을 태웠다.

신림을 지나 오르막이 시작되니 기차도 힘에 겨운 듯하다. 치악산 금대의 똬리굴이 가까워 오면서 열차의 속도는 현저히 줄어들었다.

일곱 번째 칸 뒷자리에 있던 수근은 뻐근한 아랫배를 누른다. 소변을 본다는 이유로 자리에서 일어나 변소를 물었다.

"뭐야?"

"소피가 급하니 변소를 가야겠소."

"따라와."

총을 든 일본인 병사가 앞장섰다.

복도를 지나 출, 입구가 있는 변소 앞에는 이미 얼굴이 곱상한 여자가 안에 누가 있는지 차례를 기다리는 모양새이다.

이때 갑자기 주변이 어두워지면서 기차는 똬리굴로 들어섰다.

순간 수근은 지금이 탈출의 기회라는 직감이 왔다.

이 순간을 놓치면 어쩌면 영영 기회가 없이 일본에 가서 죽도록 고생만하다 불귀의 객이 될 수도 있다는 생각이 들자 정신이 맑아진다.

그는 두 팔에 힘을 모아 자신을 감시하는 왜병을 밀쳐서 넘어뜨리고 잽싸게 차례를 기다리는 여자의 손을 잡고 계단을 내려가 입구의 문을 열고 아래로 뛰어 내렸다.

어두운 굴속으로 얼떨결에 손을 잡혀 끌려서 떨어지고 힘에 겨운 여자는 정신이 없는지, 기절을 했는지 암흑 속에서 말이 없다. 순간적인 기지를 이용해 탈출을 감행한 수근은 분명 이 여자도 자신처럼 숨어 있다가 잡혀왔으리란 생각에 기사도를 발휘해 여자의 의지와는 상관없이 구출을 감행한 것이다.

"내 목소리 들립니까?"

떨어진 충격에 아픈지 가냘픈 목소리로 대답을 한다.

"네."

"어디 다친 곳은 없나요?"

"잘 모르겠어요, 그런데 이렇게 도망가다가 잡히면 총 살인데 어쩌려고 이러십니까?"

"여기 이러고 있을 시간이 없습니다, 우리 빨리 산으로 달아납시다, 설마 놈들이 깊은 산중까지 쫓아오려고요."

수근은 여자의 손을 잡고 열차의 반대쪽을 더듬어 가며 전진했다.

굴 입구에서 들어오는 빛을 길잡이 삼아 굴을 나와서 무조건 산으로 오르기 시작했다.

그렇게 한참을 오르다 뒤를 바라보니 새소리만 들릴 뿐 그 어느 누구도 자신들을 쫓아오는 사람은 없다.

저 멀리 보이는 원주 시가지만이 그들이 거의 산 정상 높이로 많이 올라와 있다는 것을 확인 할 수 있었다.

"그러고 보니 우리 서로 인사도 안했구려."

그녀는 수근을 바라 보고는 창피함도 모르고 몸을 의지한다.

"선생님은 저를 구해준 사람입니다, 제 이름은 오영실이라고 합니다,

제 손을 잡고 달리는 기차에서 뛰어 내리셨으니 저는 이제 선생님을 따르겠습니다."

"선생님이라뇨? 그냥 수근씨 라고 하세요, 전 이수근입니다."

"네, 수근씨."

둘은 누가 먼저랄 것도 없이 손을 잡고 산을 오르다보니 멀리서 목탁소리가 바람결에 이어졌다 끊어지길 반복하며 들려온다.

드문드문 무너진 성곽이 보이고 절에서는 이른 저녁인 듯 연기가 피어 오른다.

"영실이, 저기가 무슨 절일까요?"

"수근씨도 모르는데 제가 어찌 알겠어요."

"설마 놈들이 저곳에서 우리를 기다리지는 않을 것이오, 혹시 모르니 내가 가서 동정을 살피고 올 테니 여기에 있어요, 만에

하나 내가 돌아오지 않으면 얼른 이 자리를 떠나 다른 곳으로 피신을 하시고요."

"알겠습니다."

　한편.

똬리굴에서 탈출하여 사라진 두 사람 때문에 하야시 잇도헤이(一等兵)는 열차 수송 책임자인 야마모토 다이이(大尉)에게 호된 질책을 당하고 있었다.

"하야시, 이 정신머리 없는 놈아! 네 놈 때문에 두 사람을 잃었으니 이번 역에서 내려서 두 사람을 잡아다가 무조건 채워 놓아라. 언제 산을 수색해서 그 놈들을 잡는단 말인가, 그런데 탈출한 놈들의 신원 파악은 되었나?"

"사내는 파악을 했습니다만, 계집은 제대로 파악이 안되었습니다."

"이런 빠가야로 머저리 같은 놈, 그래 같고 어떻게 네놈을 대일본제국 군인이라 할 수 있겠나, 냉큼 나가서 잡아다 빨리 채워 놓으라."

"하이."

"열차는 사십 분 후 출발한다, 너에게 삼십 분의 시간을 주겠다, 정확히 삼십 분이다, 그걸 이행 못하면 네놈은 평생 감옥에서 썩히거나 굶주린 조선 개들의 먹이 감이거나, 아니면 가미가제 특공부대에 보내 버릴테니 그리 알아라."

가미가제라는 말에 정신이 번쩍 든 하야시는,

"중대장님, 저에게 두 사람만 지원해 주십시오, 즉시 데리고 오겠습니다."

"알았다."

열차가 멈추자 하야시는 두 사람과 함께 어느 누구라도 걸리면 납치하여 데리고 올 속셈으로 황급히 역사를 빠져 나갔다.

'음, 어디로 가볼까.'

"얘들아, 가능하면 번화가는 피하고 골목길이나 인적이 뜸한 곳을 살피자."

그들이 이면도로로 접어들자 손을 잡고 걷는 남녀를 발견한 그들은 다짜고짜 그들을 잡아 당겼다.

"잠시 검문을 하겠다, 뭐하는 사람들인가?"

"아니 이놈들아, 우리가 뭘 잘못이 있다고 백주 대낮에 길가는 사람을 잡고 행패냐?"

"뭐라고? 어디서 반항인가, 우리는 불순분자를 색출하고 있다, 너희가 잘못이 없다면 우리를 따라 와라, 문제가 없다면 순순히 보내줄 것이다.

얘들아, 이 사람들을 끌고 가서 심문을 하자, 도망 못하게 오랏줄로 묶어라."

"이 망할 일제 개들아, 이게 뭔 짓이냐? 당장 우릴 풀어라."

"하하하. 죄가 없으면 풀어줄 것이다."

그들은 재수 없이 놈들에게 걸려 무슨 큰 죄라도 지은 듯 오랏줄에 묶여 대합실을 지나 열차의 지휘 칸 야마모토 대위 앞으로 끌려갔다.

야마모토는 짐짓 모르는 척 하면서 물었다.

"무슨 일인가?"

"거리에서 선민을 선동하는 거동이 수상한 자를 잡아왔습니다, 심문하십시오."

"그래, 시간이 없으니 잠시 후에 심문하겠다. 우선은 두 사람을 따로 따로 격리하여 입실 시켜라. 경성에 도착하면 심문 후 별 이상이 없으면 풀어주겠다."

"아니 무슨 소리요, 왜 멀쩡히 길 가는 사람을 잡아 와서는 심문 이라니요? 일본군대면 이래도 되는 겁니까?"

"말이 많다, 열차 뒤 칸으로 데려고 가라."

이렇게 놈들은 탈출한 두 사람의 빈자리를 납치라는 수단을 써서 채워 놓고는 아무 일 없었다는 듯 열차는 경성을 향하여 달리기 시작했다.

절집을 잠시 둘러보고 온 수근은 특별한 징후가 없자 영실이 은신해 있는 곳으로 왔다.

"왜놈은 없고 그냥 절이고 할머니 같은 한 사람과 스님뿐입니다."

긴장이 풀리는지 바닥에 주저 않는다.

그리고 보니 수근은 그녀에 대해 아는 것도 없고, 갑자기 궁금증이 일었다.

"영실이는 어찌하여 왜놈들에게 끌려오게 된 것 입니까?"

"너무 분해서 말도 안 나옵니다."

"분하다니요?"

"삼개월 전 동네에 방직공장인지 제사공장인지 근로자를 모집한다고 방을 붙이고 다니더니 몇 사람이 자원해서 갔는데, 뒤에 알고 보니 여자정신대인가 뭔가로 데려갔다고 소문이 들어 오더라고요, 그때부터 서로 쉬쉬하면서 피해 다녔는데 요즘은 노골적으로 사냥하듯 젊은 여자만 보면 데려 가더라고요."

"찢어 죽여도 시원치 않은 놈들입니다, 나는 나이가 스물 여덟 살입니다만 영실씨는 몇 살이나 먹었나요?"

"저는 스물 세 살입니다."

"잘못하면 이 좋은 꽃다운 나이에 놈들의 희생물이 될 뻔 했어요. 내가 함께 탈출한 것이 천만다행입니다, 앞날이 걱정되기는 하지만 놈들에게 끌려가서 고생하는 것 보다야 낫겠지요."

영실의 표정을 보니 지치고 허탈한 기색이 역력해 보인다.

"시장하고 피곤하시죠? 우선은 절에 가서 요기를 부탁해 봅시다."

영원사의 언약

두 사람은 산에서 내려와 앞에 보이는 건물로 들어섰다. 굴뚝에서 연기가 나는 것이 언뜻 보기에도 식사를 해결하는 공양간 같았다.

젊은 남녀가 산에서 내려와 두리번거리니 연세 지긋한 공양간의 보살이 경계를 하면서 다가와 그들에게 말을 걸어온다.

"어떻게 이 깊은 산중 절까지 오신 거지요?"

"아주머니 우리는 일본 놈들에게 잡혀가다가 탈출을 했습니다."

사정을 이야기 하니 흔쾌히 받아준다.

"많이 시장하겠네, 이리로 잠시 들어오시구려."

어머니의 마음으로 접이식 둥근 나무밥상에 밥을 차려 주신다.

"내가 가서 스님을 모시고 올 테니 마음 놓고 식사들 하시구려,

우리 스님도 대단한 애국지사니 걱정 안 해도 됩니다."

공양주가 자리를 비운 뒤 식사를 하면서 수근이 물었다.

"영실씨는 앞으로 어쩌실 생각입니까?"

"잘 모르겠어요, 집으로 돌아가고 싶지만 집으로 가면 다시 잡힐 것이 빤하니 돌아 갈수도 없고."

말끝을 흐린다.

"나도 고민이 큽니다, 어머니 혼자 계시니 빨리 가고 싶지만 놈들이 눈에 불을 켜놓고 찾고 있을 테니, 차라리 금당에 계신 부처님께 물어 보는 게 차라리 더 좋을 듯 합니다."

이때,

스님과 공양주가 그들이 있는 공양간으로 들어왔다.

족히 칠순은 넘어 보이는 스님은 그들을 위로하고 여기는 안심해도 되는 장소이니 걱정을 하지 말라 하신다.

"여기는 왜놈들이 온 적이 없으니 걱정 말고 쉬구려."

수근은 자신들의 처지를 이야기 하니 분노가 치민 스님은 주먹을 불끈 쥐고 이를 빠드득 갈았다.

"언젠가는 좋은날 올 것이니 우리 참고 기다립시다, 오늘은 여기서 묶고 내일 떠나는 게 좋을 듯합니다, 방이 협소하니 처사님은 나하고 자고 아가씨는 공양주보살님과 함께 쉬도록 합시다."

"스님의 배려에 정말 감사드립니다, 앞으로가 걱정입니다. 집으로 돌아가자니 다시 붙잡아 갈 것이고 그렇다고 어디 아는 곳도 없고 어쩌면 좋을지 모르겠습니다."

"이 치악산에는 화전을 일구고 사는 사람이 더러 있으니 그들과 어울려 사는 것도 한 방편이 아닐까 싶네요."

날이 어두워지면서 스님과 함께 수근은 방으로 들어갔다.

절집의 노승답게 간편한 살림살이가 그가 참된 수행자임을 다시 확인 시켜준다.

자리에 누운 뒤 스님이 넌지시 수근의 의사를 물어온다.

"처사, 내 생각인데 이상하게 듣지 마시고 잘 생각해 보소, 영실처자와 살림을 이루고 사는 것은 어떻겠소? 보아하니 서로 처지도 비슷하고 의지할 곳도 없는데 말이요."

"저야 나이가 차서 생각은 있지만, 어디 그런 큰 일을 저 혼자 결정할 수가 있나요, 아가씨 의견도 들어봐야 하고 그 보다는 영실아가씨나 저나 부모님이 걱정이지요, 놈들에게 고초는 당하시지 않을지."

"어머니 걱정은 천천히 하시고 우선은 처사의 일이 급하니 내가 내일 영실처자와 이야기를 한번 해 보겠소."

수근은 잠자리에서 오늘 하루를 되돌려 보았다.

아침에 일경에게 붙들려와 공설운동장에 모여 있다가 기차를 타고 경성을 향해 가던 중에 치악산 금대 똬리굴에서 생전처음 보는 여자와 탈출을 하고 산으로 도망을 하여 영원사라는 절에서 하룻밤 신세를 지고, 오늘을 돌아보니 마치 하루 동안의 사건들이 수개월이나 흐른 듯 머릿속에 긴 여운을 남기고 장면들이 마치 활동사진처럼 스쳐지나간다.

이 모든 것이 불운인지 행운인지 알 길이 없지만 그나마 잠자리라는 여유가 생기니 앞으로의 일들이 더 걱정이 되어 다가온다.

노모를 위해서라면 집으로 가야 하지만 가면 붙잡힐 것이 명약관화이고 촌뜨기라 어데 갈 곳도 없거니와 영실이라는 혹까지하나 붙였으니 참으로 망연자실이 지금 이순간이 아닌가 싶다.

'그래, 모든 일이 다 잘 될 것이야, 너무 힘들어 하지 말자.'

잠이 들면 시간의 속도는 세월보다 더 빠르게 지나간다.

눈을 붙였나 싶었는데, 새벽이 왔는지 밖에서 새벽녘 목탁새의 울음소리 같은 목탁을 두드리는 소리가 들린다.

또 독 또 독 또 독 또 독. . . . .

아직은 한밤중 인듯한데 스님의 도량석 소리는 맑고 청아한 잔향을 일으키는 목탁소리와 함께 만물을 깨우듯 귓전을 파고들어 수근도 눈을 뜬다.

'아! 그러고 보니 이곳이 절이었었지, 그녀는 잘 잤을까, 어쩌면 나와 같은 생각을 하면서 깨어 있을지도 모르겠구나.'

몸을 일으키려 하였지만 온 몸이 뻐근하여 그만 도로 눕고 말았다.

'어제 너무 긴장하고 무리했었나, 일어 날 수가 없네!'

수근은 누워서 생각을 했다.

오늘은 이 절에서 나가야 하는데 어디로 가는 게 좋을지 판단이 안 서고 걱정만 앞선다.

혹시 왜경들이 이곳에 있는 자신들을 발견하면 경을 칠게 빤하고 산중 작은 암자에 살림도 넉넉지 않은데 정재를 축내는 것도 도리가 아닌듯하니 예의상 아침에 떠나주는 게 이분들에게 도움이 될 것이라는 생각을 한다.

창호지 바른 문밖으로 희미하나마 여명의 빛이 들어온다. 자리에서 일어난 수근은 이불을 개서 한옆에 쌓아놓고는 밖으로 나왔다.

금당에서는 새벽예불을 하시는 스님의 소리가 낭랑하다.

생전 절이라고는 가 본적이 없는 수근이 안을 기웃거리니 영실
은 이미 자리를 잡고 스님과 함께 기도를 하고 있다.

그 모습을 본 수근이 안으로 들어가니 영실이 잡아당기며 자기
를 따라 하란다.

일배, 이배, 삼배,

따라 할 수록 힘은 들지만, 자신의 기도에 대한 부처님에게 부탁
할 요구조건이 생각이 난다.

'부처님, 이 난관을 극복 할 수 있도록 저에게 지혜와 용기를
주세요.'

처지가 곤궁하다 보니 난생 처음이지만 금당의 부처님께 절을
하고 소원도 빈다. 얼마나 했는지 등허리의 골을 타고 땀이 흐르
고 숨이 차 온다.

수근은 자리를 물러 나와서 영실에게 의중을 묻는다.

"잘못하면 우리 때문에 절에서 피해를 당할 수도 있으니 나는
오늘 떠날 생각인데 영실의 생각은 어떻소?"

"저도 똑같은 입장인데 어떻게 해야 할지를 모르겠어요."

"그럼 나를 믿고 따라와 줄 수 있겠소?"

영실은 대답대신 수근의 손을 잡고 맑은 눈동자를 지긋이 떠서
수근을 바라보며 고개를 끄덕인다.

순간 수근은 도망자의 처지에서도 좋은 배필을 얻었다는 생각에
가슴이 요동을 치도록 기쁨이 다가온다.

'아, 이런 것이 인연이로구나.'

스물 여덟,

적지 않은 나이지만 아직 여자의 손목도 잡아보지 못했는데 왜

놈들에게 끌려가다 인연을 만나다니, 참으로 세상일은 알 수가 없다.

아침 공양을 마치고 두 사람은 스님께 절을 하고는 뒤로 물러섰다.

"그래 어디로 갈 참이오?"

"목적지는 없지만 저희가 이곳에 있으면 오히려 스님께 화가 닥칠듯하니 한시바삐 떠나야 할 듯합니다."

"가진 것도 먹을 것도 아무것도 없을 텐데 내가 며칠은 버틸 수 있는 식량과 약간의 여비를 마련해 주리다."

"스님, 이 은혜는 후일 반드시 찾아와서 갚겠습니다, 언젠가는 좋은날 올 테니 그때 꼭 찾아뵙겠습니다."

화전민이 되다

스님의 사시공양 예불 소리를 뒤로 하면서 그들은 산문을 나왔다.

'어디로 갈까, 어디로 가야하나.'

곡물과 부식이 담긴 포대를 짊어진 수근의 뒤로 영실은 머리에 작은 보따리를 이고는 조심스레 따라온다.

영실이 딱하고 안 되었던지 공양주보살님이 자신이 입지 않는 헌 옷가지 몇 점을 싸서 건네준 보따리였다.

삼십분 정도 산길을 걸으니 영원사와는 비교가 안 되는 큰 절집이 보인다. 그들은 느낌이 저 곳엔 들리면 안 되겠다는 생각이 들었다.

"저곳이 상원사인가 하는 절인가 봅니다."

"상원사라면 그 유명한 전설이 있는 절 아닌가요?"

"그렇지요, 꿩과 구렁이에 전설이 있는 유명한 절이지요."

"저도 언뜻 이야기를 들어서 알아요."

"꿩과 그 새끼들이 종을 울리고 죽어서 스님을 살려내고 은혜를 갚아서 산 이름도 치악산 이라고 한다지요."

멀리서 봐도 사람들이 많이 보인다.

그들은 절을 끼고 우회를 하여 나무꾼과 오소리가 만들어 놓았음직한 능선의 오솔길을 따라서 동북쪽을 향해 걸었다.

"영실 당신의 집은 어느 마을이요?"

"저는 단양 어상천이라는 곳에 살아요, 부모님이 많이 걱정하실 텐데 알릴 방법도 없고, '아마도 지금쯤 우리 딸 일본 방직공장에 잘 가고 있겠지'하고 생각을 하시겠지요."

"그러고 보니 영실 집과 우리 집의 거리가 얼추 칠 십리 길은 될듯합니다, 나는 제천 읍내에서 조금 떨어진 청풍 홍예마을에 우리 집이 있어요, 영실 우리 둘이 열심히 잘 살아서 빠른 시일 내 꼭 찾아뵙도록 합시다."

"어쩌다 이 나라의 운명이 일본 놈들 지배에 놓여 백성들이 고통을 받는지 참으로 기가 막힙니다, 나 같이 못 배운 시골 무지렁이도 생각이 이런데 경성의 사람들은 얼마나 화가 날까요, 우리나라 사람들 모두 나라 잃은 설움에 병이 깊을 듯합니다."

"말하면 뭐하겠소, 원래 우리나라 사람들이 싸움을 싫어해서 백년에 한번 씩 외세의 침략을 받는다 하잖아요, 지금도 그 꼴이 아니고 뭐겠어요."

정상의 능선을 타고선 북쪽을 어림잡아서 걷고 또 걷다보니 허기가 지고 서산을 넘어가는 태양을 바라보니 잘못하면 산에서 잠을 자야 되나 싶었는데 다행히 골짜기 아래에서 연기가 피어오르는 집이 보인다.

"우리 저곳으로 내려가 봅시다."

숲을 헤집고 다가가 보니 나무껍데기와 송판으로 지붕을 울린 토옥 몇 채가 눈에 들어온다.

그중 연기가 나는 집의 얼기설기 만들어진 사립문을 밀고 들어섰다.

"실례합니다."

오십은 넘어 보이는 중년의 여인이 삶에 찌들고 그을음이 묻은 얼굴로 문을 열고 나온다.

"이 깊은 산중 화전촌에는 무슨 일 때문에 오셨나요?"

"산을 헤매다가 이곳을 발견하고는 내려왔습니다. 주인아저씨는 안계신가요?"

"우리 아저씨는 저 아래서 화전 밭 일구고 계십니다만 무슨 일로 우리 집 양반을 찾는대요?"

"긴히 여쭤볼 말이 있어서요, 저 아랫집에는 누가 사나요?"

"이 동네는 다 이사 가고 우리 집만 있습니다."

그 소리를 들은 수근은 이집 아저씨와 잘 상의를 해서 적당히 눌러 앉아 보겠다는 생각이 들었다, 이곳 같으면 누가 올 것 같지도 않고 숨어 살기도 괜찮아 보였다.

"영실은 여기에 계시오, 내가 아저씨를 만나보고 오겠소."

그리곤 옆으로 반 마장 쯤 떨어진 밭으로 갔다.

밭에서는 구리 빛 몸통으로 체력이 단단해 보이는 초로의 남자가 연신 땀을 훔치며 괭이질을 하면서 나무뿌리를 캐내고 밭을 일구고 있었다.

잠시 일손을 멈추고 자신을 향해오는 수근을 물끄러미 바라본다.

평소 인적이 없는 곳에 웬 낯선 사내가 자신을 향해 오는 것이 불안하고 의아한 표정이다.

"거 뉘시오?"

"저는 이수근이라고 합니다, 긴히 상의드릴 말씀이 있어서 찾아왔는데 시간을 좀 내 주시면 말씀을 드리겠습니다."

주머니에서 잎사귀 담배를 꺼내 종이에 둘둘 말아서 성냥을 그어 불을 붙이고는 깊게 한 대 빨면서 말을 한다.

"나 같은 사람에게 긴히 상의할 말이 무슨 이야기인지 어디 얘기를 들어나 봅시다."

수근은 잠시 숨을 몰아쉬고는 차근차근 어제 아침부터 지금 순간까지의 이야기를 했다.

마지막으로 진솔하게 도움을 청하는 이야기도 하였다.

"이곳은 인적이 드물어 왜놈들 눈을 피하기는 좋을 듯합니다, 어른이 꼭 좀 저희를 도와주시길 부탁드립니다."

"나도 도와주고는 싶소만, 보다 시피 이곳은 양식도 넉넉지 못하고 생활필수품도 구하기 어렵거니와 돈벌이가 되는 일도 없는데 어쩌나."

"저희 두 사람 밤 이슬만 피하고 왜놈들 눈에만 안 띄면 됩니다."

"그런 것이라면 아랫집이 여기를 떠 난지 일 년이 다 되었고 다시 돌아올 것 같진 않으니 거기를 사용하면 될 것이요, 다만 그곳에 살던 사람이 만에 하나라도 돌아오면 반드시 비워줘야 하는 조건이니 그것만은 약속해 주시요."

"고맙습니다, 절대 폐 안 끼치고 원래 주인이 오시면 나가도록 하겠습니다."

"없는 사람끼리 도와야 하는데 우리도 어려우니 살다가 서운한 일이 있어도 이해를 하여 주시구려."

"이곳에 머물 수 있게 배려 해 주신 것만으로도 큰 은혜를 입은 것입니다."

"우리 부부도 이웃이 없어서 늘 적적하던 차인데 잘 되었소이다."

집으로 돌아온 주인은 수근과 영실을 아랫집으로 안내했다. 다행히 반은 부서진 허름한 농짝이 하나 있고 부엌에 작은 가마솥 하나에 찌그러진 구멍이 난 양은그릇과 때가 꼬질꼬질한 사기그릇 몇 점이 부뚜막에 놓여있는 것이 너무 고맙고 아쉬운 대로 쓸만하였다.

"아직 총각이라 했는데 이름이 어찌되오?"

"저는 이수근 이라고 합니다. 아가씨는 영실이라 하고요, 말씀 드리기 부끄럽습니다만 영실과 저는 평생을 함께하기로 치악산 영원사 부처님 앞에서 맹세를 하였습니다."

"그거 잘 됐군! 우리 아들은 집 떠나 경성에서 신문팔이 고학하며 살고 있는지 몇 년이 되었네만. 나를 승기아버지라고 불러 주시게."

"네, 아드님 이름이 승기군요. 승기아버지 하기도 뭣하니 그냥 어르신 하겠습니다."

"그런 말하지 마시게, 내가 그렇게 늙어 보이나? 차라리 형님하고 불러주는 게 좋겠어!"

"그럼 제가 평생을 큰형님이라고 부르고 모시겠습니다, 이 세상에 제가 큰형님이라고 부르는 사람은 승기아버님 한 사람 입니다."

"고맙네, 큰형님으로 불러주니 나도 막내 동생처럼 대해 줘야되겠네 그려, 기분이 좋아!"

허름한 농짝을 열어보니 헤지고 솜이 터져 나와 쓸모없어 보이는 얇은 솜이불이 보인다.

"수근이 우선 아쉬운 대로 이걸 요대기로 쓰게, 덮을 이불은 우리 집에서 찾아보겠네."

영실이 옆에서 고마움을 표시한다.

"이 은혜는 평생 잊지 않고 두고두고 갚겠습니다."

"자, 그만들 하고 얼른 청소나 해요, 오랫동안 비운집이라 형편없으니까! 물은 우리 집 밑에 사계절 마르지 않는 아주 똘똘한 샘이 있으니 그 물을 쓰면 되고."

둘은 우선 아쉬운 대로 청소를 하고 이불을 털고 밤의 한기를 피하기 위하여 아궁이에 불을 지폈다.

아직 늦은 봄 이지만 산중턱 이다보니 밤에도 한기가 있다.

윗집 승기어머니가 감자를 섞어지은 보리밥 한 바가지와 약간의 열무김치를 가져와 허기를 채우고 피곤한 몸을 옷도 벗지 않고 뜨거운 아랫목에 맡겨 버렸다.

수근은 어색한 듯 고개를 숙이고 앉아있는 영실을 잡아 당겼다.

"영실, 이제 당신과 나 둘만 남아있군요."

"제가 많이 부족하지만 사지(死地)로 가는 길에서 절 구해준 은혜 잊지 않고 평생 당신을 잘 섬기면서 살겠어요."

수근은 당신이라 불러주는 그녀가 조금은 어색했지만 내 아내라는 느낌이 용기를 주었고 그녀를 품어 안고는 어둠속에서 그녀의 작은 입술을 찾아 자신의 입으로 덮었다.

이미 수근과 평생을 함께 하기로 한 그녀도 수근이 이끄는 대로 자신의 몸을 맡기고 그의 가슴속으로 파고 들었다.

화전촌에서 꽃핀 사랑과 축복의 밤은 그들의 거친 숨소리도 아랑곳 않고 밤은 점점 깊어가고 흐릿하던 별빛은 더욱 초롱초롱 빛을 내고 밤이 오는 줄도 모르고 울어대던 때 이른 찌르레기 소리도 숨을 죽이며 그들을 축하해 준다.

신혼의 달콤함은 모든 시름도 잊게 해준다.

둘은 세월이 흐르는 동안 자신들이 일제의 수배자란 사실과 그리운 양가의 부모도 잊은 채로 강태공이 낚시로 세월을 낚듯 행복한 나날을 보내고 있다.

"여보, 새참 들고 하세요."

화전개간을 위해 나무를 베어내고 억센 풀뿌리를 뽑으면서 씨름을 하고 있는 수근에게 영실이 다가온다.

"당신 배부른데 넘어지면 어쩌려고 나오는 것이야."

"새참시간에 집에 오시면 내가 안 나오는데 당신이 안 들어오시니 내가 올 수 밖에요."

"에구, 결국은 내 잘못이네!"

"아뇨, 난 당신에게 새참가지고 오는 시간이 제일 행복하니까 내 행복을 빼앗으려 하지 마요, 여보."

"하하하. 내 그럴 줄 알았지, 하지만 당신 뱃속에 우리 꼬맹이 안전도 생각해야 해."

수근은 삶아온 국수를 게 눈 감추듯 후딱 한 그릇 해 치우고는 그녀의 봉곳한 배를 손으로 쓰다듬는다.

"꼬맹아, 나올 때는 엄마 힘들게 하지 말고 후딱 나와야 한다."

그런 수근을 바라보는 영실의 표정은 세상 부러울 것 없는 모습으로 괴로움이라고는 전혀 없어 보인다, 마치 관세음보살이나 하늘의 선녀처럼 편안한 얼굴을 보인다.

"당신 얼른 들어가, 나는 조금만 더 하고 들어갈 테니."

새로운 인연

두 사람 모두 시골에서 자라나 노동에는 익숙하다 보니 승기네 허드렛 일을 돕고 벌목으로 황폐해진 산 한쪽에 자신들의 화전을 한 평, 두 평 개간하고 가꾸고 참나무 장작을 만들어 집채만큼 쌓아 놓았다.

윗집 승기부친은 5일에 한번 제천장터에서 나무를 팔고 있는데 수근에게도 나무를 많이 해 놓고 후일 세인들의 입에서 또는 생각에서 수근의 존재가치가 기억 속에서 희미해지면 그때 나무를 팔러 같이 가자는 말에 작정하고 산더미처럼 쌓아 놓은 것이다.

신혼의 단꿈이라고 부모님을 잊을 수는 없는 노릇, 부모님이 매양 그립기는 둘 다 마찬가지인데 세월이 흐를수록 걱정과 그리움이 밀려온다.

"여보, 한번은 다녀와야 하지 않을까요?"

"이렇게 합시다, 지금은 당신이 만삭이니 출산을 하고 나서 내가 먼저 당신 집을 그리고 그 다음에 당신은 우리 집을 다녀오면 어떻겠소? 서로 마을 사람도 모르니 누가 해코지도 않을 것이고 안부도 확인 할 수 있으니 말이요."

"그게 좋겠어요, 우리 아이가 세상구경 하러 나오고 백일 되는 날 찾아뵈어요."

"그렇게 합시다, 우리가 이곳에 온지도 열달이 다 되어가니 참으로 세월이 빠르기는 하구려."

사실 그들이 화전을 일구며 사는 이곳과 자신들의 본가는 어찌보면 이 넓은 땅덩어리에서 엎드리면 코 닿는 지근거리 이지만 분명 도망자로 수배령이 내려 져서 가면 잡힐 것이 빤하다.

황량하던 산야가 초록으로 물들어 신록이 우거지고 개간하여 일궈 놓은 밭에서 감자 싹이 제법 자라서 보기 좋을 때 영실의 산고가 시작되었다.

집에서 밭으로 나오던 승기아버지가 급한 소리로 수근을 재촉한다.

"이 사람아, 밭에만 매달려 땀 빼고 있지 말고 빨리 집에 가봐."

"왜요?"

"왜라니, 자네 처가 지금 아이를 낳을 모양이야."

수근은 호미를 놓고는 급히 집으로 향했다.

이웃의 승기어머니가 수근을 보고는 빨리 물을 끓이라 한다.

초조한 수근은 아궁이에 불을 지피고는 방문을 열었다.

"엄마, 엄마."

비명에 가까운 소리로 자신의 엄마를 찾는 영실이 너무 가엽다.

멍하니 바라보다가 영실의 손을 잡아주니 그녀의 손에 힘이 들어가고 다시 기를 쓰기 시작한다.

영실의 두 다리를 벌려 놓고 그녀의 가랑이 사이를 바라보던 승기어멈이 소리친다.

"머리가 보이니 조금만 더 힘을 써."

"엄마, 엄마."

이럴 때 영실의 엄마가 옆에 있다면 얼마나 좋을까,

"애기 목욕 시켜야 하니 얼른 물 좀 떠와요."

정신을 반은 놓은 상태에서 시키는 대로 움직였다.

영실의 비명소리가 점점 거세어져 간다.

'저러다 기진하면 어쩌나.'

그러나 걱정도 기우라 했던가.

잠시 후 아이의 우렁찬 울음소리가 방을 뚫고 나와 온 산에 메아리치듯 퍼진다.

"응애, 응애."

'휴!'

물을 떠서 방엘 들어가서 우선은 영실의 얼굴부터 살폈다. 배시시 웃으며 자신을 올려다 본다.

"수고했어, 많이 힘들었지?"

승기엄마가 아이를 목욕시키다 말고 아이를 들어 보인다.

"이것이 뭐더라?"

아이의 앙증맞은 고추를 가리키지만 정신이 반은 나간 수근에게는 잘 안 보인다.

수근의 대답이 없자 영실이 거든다.

"당신 닮은 고추를 달고 나왔네요."

"그런가, 아이도 건강하고 당신도 건강하면 됐지! 우리 아주머니 때문에 이 사람이 큰 고생도 없이 애를 낳았으니, 너무 고맙고 죄송합니다."

이 때 영실이 그 소리가 귀에 거슬렸던지 한소리 한다.

"큰 고생 안하다니요, 내가 얼마나 아프고 힘들었는데 그런 말을 하세요?"

"내 말은 그런 뜻이 아닌데."

"호호호 그만해, 내가 이 산에 올라오기 전에 동네서 애기 많이 받아봤지, 오죽하면 사람들이 나보고 산파라고 했을까, 그런데 그때 사람들보다는 새댁이 수월하게 낳았어."

"제 생각에, 제천에 조산소를 차리고 영업을 해도 되겠습니다."

"화전촌에 누가 올 사람은 없지만 그래도 혹시 모르니 가서 금줄을 애기아버지가 치구려."

"그래야지요, 그런데 어떻게 해야 하나요?"

"아들이니까 빨간 고추 하고 숯하고 청솔가지 두 개씩 해서 꽂고 스무하루 동안 걸어두면 돼요."

수근은 윗목 시렁에 걸린 자루에서 마른고추를 꺼내 밖으로 나갔다. 마땅히 울타리도 없고 그렇다고 사립문이 있는 것도 아니지만 집 입구에 긴 마른나무 두 개를 세워 정성스레 금줄을 달았다.

'내가 하루 빨리 영실이 친정집을 찾아가서 안부를 전해야 되겠어, 일본 놈들에게 끌려가 소식 없는 딸을 얼마나 애타게 기다릴까!'

"응애 응애~."

생각에 잠겨있던 수근은 아이의 울음소리에 정신이 돌아와 방으로 들어오니 아기 목욕을 시켜놓고 영실은 젓을 빨리고 있다.

"젓도 잘 나오니 걱정 없겠고, 미역 사다 놓은 것으로 국이나 끓여서 먹게 해."

"걱정 마시고 올라가세요, 몇 시간동안 고생하셨는데 당장 갚을 길이 없으니 살면서 천천히 갚겠습니다."

"뭔 별소리 다 듣겠네, 순산을 해서 내가 고맙지, 갚을 생각하지 말고 둘이 알콩달콩 재미있게 잘 살면 되는 거야."

승기어머니가 나가고 수근은 영실을 바라보았다.

"내 마누라가 이렇게 예뻤나, 지금 보니 너무 곱네!"

"여보 나 배고파요."

"아차차, 내가 오늘 정신이 없네! 그 부르던 배가 한 순간에 꺼져버렸으니 얼마나 배가 고플까."

수근은 미역국을 끓이고, 비록 감자가 섞였지만 하얀 쌀밥과 함께 한 상 차려 대령하니 장정 밥 먹듯 순식간에 해치워 버린다.

"이제 좀 살겠네요."

"와! 내 색시 식성이 정말 대단하네."

"당신도 애기 낳아 봐요, 불룩하던 배가 한 순간에 꺼지니 속이 얼마나 허전한지 알아요?"

"알지, 내가 열심히 밥해서 대령하리다. 당신도 빨리 회복하고 애기도 잘 키워야지."

"우리 아기 이름 지어야지요, 도망자 신세라 지금 출생신고는 못해도."

"나도 생각해 봤는데 내 이름의 '수'자와 당신 이름의 '영'자를 합해서 수영이라고 부르면 어떨까? 이 수 영."

"수영이 아부지."

"수영이 엄마."

서로를 불러보고는 둘 다 한바탕 웃음으로 득남의 기쁨을 나눴다.

녀석도 그 말이 들리는지 배내 짓으로 얼굴에 미소가 서려있다.

사람은 행복을 찾는 나그네라는 말이 있다.

누군가 행복을 찾으러 길을 떠나는데 산 너머에 있다하여 그 산을 넘어가도 행복은 없고 낙담하여 집으로 돌아오니 아내와 자식들이 기다리고 있어 뒤늦게 그것이 진정한 행복임을 깨달았다는 이야기처럼 지금 이 순간만큼은, 행복은 수근과 영실을 위하여 존재하는 듯 기분이 최고이다.

지금 이 순간과 이 장소가 행복을 즐겨야 할 시간이고 행복을 만끽할 보금자리가 아니던가.

비록 가진 것 없고 축복하는 이 없는 가난한 화전의 도망자 이지만 이 순간만큼은 최대한 길게 누리고 싶었다.

순간 수근이 눈에서 눈물이 흐른다.

'정말 행복이란 게 이런 것 이였구나.'

수영이가 태어나 열흘 정도 지나서 영실이 거동이 자유스러울 무렵 수근은 조심스럽게 말을 꺼냈다.

"여보 내가 당신 집을 다녀오면 어떨까? 사실 엎드리면 코 닿을 정도로 지근거리인데 일 년 동안 너무 무심한 게 아닌가 싶네."

"아뇨, 아직은 이른 듯해요, 만약 당신에게 무슨 일이 생기면 우리 모자는 누구를 의지해요, 좀 더 돌아가는 사정을 보고서 가도 늦지 않을 겁니다."

"그럼, 당신말대로 하리다, 심어놓은 감자가 이제 싹이 나오고 옥수수도 심어야 하고 할 일이 많으니 봄일 다 해 놓고 다시이야기 합시다."

윗집 승기아버지가 나무 땔감 장사를 하러 가끔 읍내 장터를 내려갈 때 부탁을 해 보고 싶지만 곳곳에 포진한 일본 순사와 검은 새치들 때문에 잘못하면 이웃까지 경을 칠까 두려워 그 마저도 조심스러워 부탁을 못하고 있다.

"여보게 수근."

두 남자가 열심히 화전에 옥수수를 심고 있는데 승기아범이 허리를 펴고는 수근을 부른다.

"여보게 수근이."

"네."

"이번 장날 나랑 같이 나뭇짐 지고 장에 가보지 않으려나?"

"저야 그러고 싶지만, 피해를 드릴까봐 서요."

"괜찮아, 자네 얼굴이 내가 처음 봤을 때 하고는 많이 틀려, 아는 사람도 자세히 보지 않으면 누군지 모를 거야, 얼굴은 구리빛으로 타고 옷차림도 그렇고, 머리는 틀어 올렸지 누가 알겠나, 한번 같이 가보세. 맥고자라도 푹 눌러쓰면 아무도 모를 거야."

사실 세간들도 필요하고 아이 옷도 필요하여 망설이던 차에 잘됐다 싶은 생각이 들었다.

"네, 제가 장에 갈 준비를 하겠습니다."

준비라야 그동안 쌓아놓은 마른 참나무 장작을 적당히 쪼개서 자신이 감당할 정도를 지고는 이 십리 길을 쉬엄쉬엄 가서 팔고 오면 된다.

나무로 화덕에 불을 지펴 밥을 짓는 읍내이기에 나무 장사는 언제나 대환영이고 못 팔면 소매상에 넘기고 오면 되는 것이다.

저녁 밥상머리에서 나무를 팔아 아이 옷도 살 겸해서 읍내를 다녀오겠다는 자신의 계획을 이야기 하니 살림이 궁한 영실도 조심해서 다녀오시라는 눈치다.

"아는 사람이라도 혹 만나면 고향소식이라도 물어보리다."

"우리가 사는 곳은 절대 이야기하지 마세요."

"걱정 마, 이 넓은 세상에서 아는 사람 만나기가 어디 그리 쉬운가, 그리고 내 얼굴도 많이 변했고."

"그건 그래요! 내가 당신을 처음 만났을 때는 영준하고 잘 생긴 남자였는데 지금은 천생 머슴이니까요."

"이 사람이 잘 나가다가 갑자기 귀신 낭떠러지 떨어지는 소리로 날 폄하하는 거야?"

"웃자고 한 말인데 우리 서방님 너무 정색을 하시네!"

일 년만의 외출이 두렵고 호기심도 일었다.

수근은 힘자랑이라도 하듯 지게에다 작은 말뚝을 꼽아놓고 팔을 뻗어도 안 닿을 정도로 높이 장작을 쌓아올려 단단히 붙잡아 매고는 승기아범과 산길을 내려왔다.

"이 사람아, 그렇게 많이 지고 가면 자네 어깨 빠져!"

"바싹 말라서 무겁지 않습니다, 이걸 팔아서 애기 옷 산다는 생각을 하니 너무 가볍고 기분도 좋은 걸요."

"오죽하겠나, 그 기분 나도 알지."

"제가 나무 가격을 잘 모르니 큰형님이 잘 흥정 좀 하여 주세요."

"걱정 마, 그 나무는 내 나무의 곱은 되니 가격도 잘 받을 것이야."

하루코

제천 역 앞에 형성된 장터는 그야말로 난장판이다.
제천은 내륙 깊숙이 자리하여 주변에 명산이 많고, 또 흙이 좋아서 약초재배도 용이하고 인근의 산에는 약초들이 즐비하다, 이런 고장이라서 일본의 약초 상인들은 농가와 계약을 하여 당귀, 감초 등을 재배하여 납품하고 남은 것들을 파는 사람과 약재상들이 많이 있고, 장사 수완이 좋은 일본인들도 돈이 도는 곳을 아는지 그들 나름의 신식 물건으로 상점을 열어 내국인들을 끌어 모으고 그러다 보니 한탕주의에 빠진 사람들도 덩달아 설쳐대고, 사람이 많고 물산이 풍부하다 보니 떡고물도 많아서 그것이라도 주워 먹을까 하는 부류 등 다양한 사람들이 모여 있다.
두 사람은 장터 끝에 형성된 땔감 파는 곳 중간쯤에 지게를 바치고 나무를 사갈 손님을 기다린다.
자신들 뿐이 아니고 인근에서 모여든 나무장사들이 대략 세어보니 삼십 여명이 있다. 일부는 흥정을 하고 일부는 손님을 기다린다.
이때,
기모노를 곱게 차려입고 따각 따각 게다소리를 내면서 종종걸음으로 한 여자가 수근의 앞에 서서 나무를 앞, 뒤로 바라본다.
"이것은 얼마 입니까?"
순간 당황한 수근을 뒤로하고 재빨리 승기아범이 말을 받는다.
"네, 아가씨 이십원 입니다."
그녀는 손에 들고 있는 작은 손지갑에서 돈을 꺼내 수근에게 지불하고는 조용히 말을 한다.

"이거 가지고 나를 따라 오시기 바랍니다."

수근이 승기아범을 바라보니 눈을 껌벅 거린다.

"같다 드리고 이곳으로 다시 오게."

그녀가 앞서고 수근은 나무를 지고 뒤를 따라 간다.

장터에서 그리 멀지 않은 곳에 잘 지어진 집으로 들어선 그녀는 집 뒤쪽의 나무를 쌓아 놓은 곳으로 그를 안내했다.

"이곳에 쌓아주세요, 그리고 앞으로 5일에 한 번씩 이 집으로 나무를 같다줄 수 있나요?"

"네, 당연히 그렇게 해 드려야지요."

나무를 다 쌓아놓고 지게를 지는 수근에게 그녀는 십원짜리 지폐 한 장을 더 꺼내서 건네주었다.

"이것은 뭡니까?"

"수고했어요, 5일 후에 와서 내가 안 보이면 안채 문을 두드리고 하루코(春子)하고 부르면 제가 나올 것입니다."

"고맙습니다."

나무 한 짐 지고 나와서 생각지도 못한 거금에 웃돈까지 받고 단골까지 만들었으니 행운도 이런 행운이 없다.

쌀 한 가마니 가격이 이십오원 인데 나무 한 짐이 쌀값을 넘고, 또 비록 일본여자이지만 계란같이 갸름한 얼굴이 마치 월궁의 선녀처럼 고운 얼굴에 마음씨까지 예쁜 사람을 자주 본다는 생각에 오늘 나무지고 오기를 참 잘했단 생각이 든다.

'승기아버지에게 웃돈은 이야기를 하지 말자, 어쩌면 긁어 부스럼이 될 수도 있어.'

장터로 돌아오니 승기아버지도 나무를 팔고 담배를 말아 피우며 그를 기다린다.

"큰형님도 파셨네요?"

"나무가 좋다고 금방 사갔어."

"그런데 제가 지고 온 나무 이십원이면 많이 받은 것 아닌가요?"

"시세보단 비싸지만 자네가 나무를 잘 말리고 잘 쪼개고, 또 다른 사람보다 많았으니 당연히 그 정도는 받아야 되는 거야."

"그 여자가 앞으로 5일에 한번 자기 집에 나무를 같다 달라고 하네요."

"정말? 하하하 큰 단골 하나 잡았네, 대박은 이런 걸 대박이라 하는 거야, 자네 나무가 좋으니까 미리 선점을 하는 거야, 자 우리 장을 둘러보고 필요한 걸 사자고."

수근은 미리 가져온 돈을 보태서 아이의 옷과 고등어자반 한손, 그리고 밀가루를 사서 지게에 올리고는 가벼운 발걸음으로 집을 향했다.

'영실에게 쇠고기국은 못 끓여줘도 고등어라도 구워 줘야지.'

물론 그의 주머니에는 영실에게 건네줄 십원짜리 지폐 한 장이 고이 간직 되어있다.

"저녁 때나 오실 줄 알았는데 일찍 다녀왔네요?"

수근은 무용담을 늘어놓듯 비교적 소상하게 이야기를 하였지만 하루코의 인상에 대한 이야기는 하지 않았다.

우리나라 사람도 아니고 일본 여자를 곱다 어쩌다 하여 괜히 영실의 마음을 상하게 하고 싶진 않았다.

"오늘은 고등어지만 다음 번엔 쇠고기를 사다 줄게, 그리고 이건 당신거야."

주머니에서 십원짜리 지폐를 건넸다.

"돈이 남았어요? 당신 윗도리라도 하나 사서 입지 그랬어요."

"그게 말이야, 내가 웃돈을 받았어, 그런데 웃돈 받았다고 승가 아버지한테 이야기 하고 싶지가 않더라고, 별거 아니지만 그 형님이 속으론 서운할 것 같아서."

"하긴 그럴 수도 있겠네요, 그래도 우리에게 베푼 것을 생각해서 처신을 잘 해요, 나중에 알면 더 서운할 수도 있거 든요."

"하여튼 내가 벌어서 가져다주면 잘 모아놔요, 언제까지 여기서 살 수도 없고, 또 당신 부모님이나 내 어머니 생각하면 부지런히 모아야 해요."

다음 날,

화전에 옥수수와 감자를 다 심고 밭에서 특별히 할 일이 없는 수근은 약초와 산나물 채취를 위해 자신이 사는 곳보다 더 높고 깊은 숲속을 헤집기 시작했다.

어제 약초꾼들의 잡담을 귀동냥하다 그것도 좋은 물건만 찾으면 꽤 큰 돈이 되겠다 싶었다.

지난 일년 동안 화전민으로 살면서 나름 약초와 산나물도 알고, 그것만 먹고 살았으니 공부도 어느 정도 했고, 이젠 그걸 돈이 되게 만드는 것이다.

싸리로 만든 망태기를 가득 채워서 집엘 오니 아이의 울음소리가 멀리서도 우렁차게 들려온다.

'저 녀석은 커서 뭐가 되려고 저렇게 목소리가 우렁찰까, 혹 노래하는 풍각쟁이가 되려나, 요새는 풍각쟁이도 돈 벌이가 좋다고 하던데.'

"여보, 나 왔어."

영실이 아이를 안고 나온다.

수영이 울지 않는 것을 보니 아버지 마중 나가자고 채근을 했던 모양이다.

"많이도 뜯어 오셨네요, 당신 기다리느라 목 빠지는 줄 알았어요."

"빠지면 큰 일이지! 안 빠지길 천만다행이야."

가진 건 없어도 행복을 누려야 할 권리는 있다.

가정을 이루고 살다보니 행복을 나눠주는 파랑새를 열 마리는 키워서 모자에게 안락함을 주는 것 그것이 수근의 소원이라면 소원이다.

수근은 비록 일찍 아버지를 마적단에 잃고 편모슬하에서 자랐지만 반듯한 가정 교육으로 학교 공부는 많이 못했어도 가정이 편해야 만사가 순조롭다는 것을 알고 있다.

가화만사성이라고 행복의 근원인 가정이 편해야 만사가 순조롭게 진행된다는 논리를 누구보다 잘 알고 있다.

그런 수근을 영실도 알뜰살뜰히 챙긴다.

착한 아내와 건강한 남편은 훌륭한 재산이라고 했다.

부부는 의(義)로서 화친하고 은(恩)으로 호합(好合)한다는데 영실이 그 도리를 배워 아는지는 모르지만 본 바탕이 선하다 보니 누가 안 알려줘도 배움 이상으로 잘 알고, 또 착한 심성으로 지아비를 섬긴다.

영실은 부끄러운 줄도 모르고 여린 박통 같은 하얀 가슴을 드러내고 아이에게 젓을 물린다.

"당신 그 모습이 한 폭의 그림 같아, 그런데 옷이 너무 작아 가

습이 들어나니 모레 장에 가서는 당신 윗옷을 하나 사야 할 듯해,
내 여자의 속살을 남이 본다고 생각하면 괜히 싫어."

"이 산속에서 누가 봐요! 당신 옷이나 사 입으라니까요."

"나는 그 다음 장날에 사서 입으면 되고, 시장하니 저녁이나 먹
어요."

"아고, 내 정신 좀 봐, 내 서방님이 먼저인데 아이부터 챙기네."

"하하하하."

장터 점집의 보살

장날 아침.

수근은 어제 준비해 둔 참나무 장작에 지난번 하루코의 성의가
고마워 산나물을 칡넝쿨 껍데기로 조금 묶어서 지게 위로 올렸
다.

자신의 초라한 모습을 보이기 싫어 봉두난발했던 모습을 머리
를 감아올리고 맥고자를 뒤로 제껴 쓰니 얼굴이 조금은 들어나
보인다.

누런 이빨을 감추고자 억센 박달나무 뿌리를 잘게 쪼갠 칫솔로
이를 박박 문지르니 그런대로 입안이 개운한 것이 거울을 안 봐
도 조금은 하얗게 변색이 되었을 것이다.

"큰형님 가시지요."

"그래, 자넨 배달만 하면 되지만 난 언제 팔릴지 모르니 기다리
기 뭣하면 집에 먼저 와도 되네."

"무슨 말씀이세요, 기다렸다 같이 와야지요."

"그래주면 나야 고맙지!"

고운 하루코 그녀를 볼 생각을 하니 발걸음이 가볍다.

지난번의 기억을 더듬어 그녀의 집 앞에서 지게를 받쳐놓고 흐르는 땀을 훔치고는 안으로 들어갔다.

"하루코님, 계세요?"

가벼운 발걸음으로 그녀가 나온다.

"아! 나무 아저씨 오셨어요, 나무는 가져 오셨나요?"

"그럼요, 그곳에 쌓아 놓겠습니다."

나무를 쌓아놓고 수근은 그녀에게 왔다.

언뜻 보기엔 아가씨 같은데 이 큰집에 혼자 있는 것이 도대체 알 수가 없다.

수근은 자신이 가져온 산나물을 조심스럽게 건넨다.

"이거 산나물인데 드실지 모르겠습니다."

"이것도 계산해 드려야 하나요?"

"아닙니다, 제 성의입니다."

"그럼 고맙게 받겠습니다."

"이 큰 집에 혼자 계시나요? 아무도 안보여서 물어봅니다."

"아버지가 이 지역 행정 책임자입니다, 어머니는 잠시 본국엘 가셨고요."

'행정 책임자라니 잘못하면 이곳에서 잡히겠는 걸, 조심해야겠네.'

돈을 받아 주머니에 넣고 인사를 하고 돌아서는 그에게 말을 걸어온다.

"잠깐만 기다리세요."

급하게 안으로 들어가서 병을 하나 들고 나온다.

"이것 좀 드셔보세요."

"이게 무엇입니까?"

"이것은 우리나라 일본의 라무네라는 음료입니다."

수근은 조금 마셔보니 입안을 톡 쏘는 맛이 신선하다.

한 모금 마신 수근은 집에서 아이와 씨름하는 영실에게 새로운 맛을 보여주고 싶은 생각에 뚜껑을 닫고 주머니에 그녀가 모르게 넣어둔다.

"맛이 좋은 데요!"

"저 씨명(氏名)을 물어봐도 되는 지요?"

'이수근이라고 말하면 자칫 도망자란 걸 알지도 몰라 적당히 둘러 대야지.'

"저는 강동호라고 합니다."

"아! 동호씨 꼭 기억하겠습니다, 그럼 다음에도 수고 좀 하여주세요."

수줍기는 그녀도 마찬가지인가 보다. 인사를 건네고는 부끄러운 듯 고개를 숙이고 종종 걸음으로 안으로 들어가 버린다.

장터로 돌아오니 승기아버지도 벌써 나무를 팔고는 그를 기다린다.

"그런데요, 그 집이 고관집인가 봐요, 그 아가씨 말이 자기 부친이 이 지역 행정책임자라던데요."

"그래, 혹시 군수 집 아닌가? 행정책임자가 군수밖에 더 있어! 조심하게."

"이름을 물어봐서 적당히 둘러 댔습니다."

"하하하. 적당한 이름을 뭐라고 했는데?"

"글쎄요, 뭐더라, 아차 이거큰일 났네, 그 이름이 기억이 안나요.”

“그럼, 내 이름이 뭐냐고 그 여자에게 물어보면 알겠군!”

“잘못하면 나무도 못 팔아먹게 생겼네요.”

수근은 영실에게 약속한대로 그녀의 옷을 한 벌 구입했다.

비록 나일론 천으로 만든 옷이지만 보라색과 분홍색이 적당히 섞인 꽃무늬가 영실에게 입히면 날개라도 단 듯 아름다워 보일 것이다.

계산을 위해 돈을 꺼내보니 오늘도 웃돈이 들어있다.

‘설마 잘못 준 것은 아니겠지.’

“여보게 수근이, 우리 가는 길에 점집에 좀 들렀다가세.”

“점집은 왜요?”

“우리 승기가 이번에 무슨 시험을 본다는데 미리 결과를 점쳐 보는 것도 괜찮을 듯 해서 말이야.”

두 사람은 번(幡)이 나부끼는 점집엘 들어서니 머리를 곱게 빗어 넘기고 한 눈에 봐도 범상치 않은 여자가 목소리에 힘을 주고 눈을 부라리며 그들을 맞이한다.

“뭣이 궁금해서 왔는가?”

대가 센 여자라 그런지 초면 인사부터 반말이다.

“점집에 점 보러 왔지 왜 왔겠습니까, 내가 아니고 우리 아들이요.”

“어디 사주를 말해 봐.”

“4255(1922)년 개띠 음력 8월 4일 술시입니다.”

“어디 보자 어디 보자, 음~ 개띠지만 집에서 살 팔자는 아니고 나가서 살 팔자네, 술시라니 술을 조심 해야겠어.

올 사월에 관운이 들었는데 그게 시험에 합격할 운인지 취업 운인지는 모르겠지만 관운은 있어, 그리고 금년 시월상달에 웬 여자를 데리고 오는데 상달이라도 그건 좋은 운이 아냐, 그러니 아들한테 그 여자를 조심하라 해."

그녀가 수근을 물끄러미 바라본다.

"자네는 산전(山戰)은 그럭저럭 겪어 액땜을 하였지만 수전(水戰)이 남아있어, 그리고 여자 복은 많은데 모두 이상한 인연으로 얽혀 있어 그러니 조심해야 할 운이야."

"전 복채가 없어서 다음에 볼게요."

"그래! 꼭 와야 해, 엄청난 비밀들을 얼굴에 잔뜩 써 가지고 다니고 있거든, 궁금하면 제대로 된 사주를 알아 가지고 와."

이 여자는 사람 감질나게 하는 재주가 있는 모양이다.

집에 오면서도 얼굴에 쓰여 있는 엄청난 비밀이 무엇인지 궁금했다.

'설마 내가 도망자라는 사실을 아는 것인가, 그러면 진짜 용한 점쟁이로 내가 인정을 해 주지.'

"큰형님은 좋으시겠어요, 점괘로 봐서는 승기가 분명히 합격인 듯합니다."

"나야 어쩔 수 없이 화전일구고 나무장사 하면서 살지만 애한테야 대물림을 하면 안 되지, 어쨌거나 잘 되었으면 좋겠네."

"그럼요, 형님이 이렇게 지극정성이신데 잘 안될 수가 있나요! 잘 안되면 그게 이상한거지요."

세월처럼 빠른 것은 없다.

쏜살처럼 순간적으로 스쳐지나가고 뒤돌아 보면 이미 저만큼 멀어지는 것이 세월이다.

하루의 시간이 길다 해도 지나고 보면 찰나요, 새해 인사를 나누고 저만치서 뒤돌아보면, 또 새해가 돌아오듯 일제의 침탈 강점도 막바지에 이른 듯 쇠붙이와 곡식의 공출이 극에 달하면서 어찌 보면 최후의 발악을 하는가 싶기도 하다.

수근이 하루코 집에 거의 일년을 드나드는 동안에 두 사람에게 이해 할 수 없는 감정 따위가 서로 엉켜 혼란스러운 상태를 만들고 긴장감을 주면서 자석처럼 서로를 끌어 당긴다.

수근은 처음엔 얼굴이 곱고 친절하여 이성으로서 끌리는가 싶었지만 시간이 흐르면서 사랑보다 깊은 연민의 마음에 더 크다보니 그녀를 가까이 할수록 가족 같은 정을 느끼게 되었다.

누군가 그런 그의 행동이 어쩌면 망국의 아픔보다는 그들에게 기대는 사대주의자라고 비난을 하고, 또 받을 수도 있다.

더구나 수근은 일제로 인해 피해가 큰 반면에 영실이라는 배필을 만나기도 했다.

수근은 늘 영실에게 죄를 진다는 마음이 있어 하루코 그녀와는 간격을 두려고 하지만 그럴수록 빚을 진 듯 그녀에게 기대게 되고 하루코도 수근에게 가족 같은 느낌으로 편의를 제공하니 자기가 생각해 봐도 일본인 군수의 딸이 도대체 나에게 뭔 일인가 싶다.

외부 나들이

수근은 그런 그녀에게 그동안 나무를 팔고 건네준 돈을 방안 깊숙한 곳에 차곡차곡 돈을 모아놓고 때를 기다린다.

수영이가 걸음마를 하면서 엄마를 쫓아 다닐 즈음에 수근은 처가가 있는 단양 어상천을 향해 작심을 하고 길을 나섰다.

그동안 모아두었던 적지 않은 백 원을 영실에게 타 가지고 나름 사위 노릇을 한번은 해보고 싶기도 하고, 더구나 무남독녀 외딸을 데리고 살면서 이년 동안 나 몰라라 하는 것은 도리가 아니다, 만약 후일 그 집에서 알게 되면 분명 수근을 파렴치로 매도할 것이다.

"여보 내 다녀 올 테니 염려 놓아요."

"안부만 전하고 오셔야 해요, 어상천가서 사기막골 하면 다 아니까 거기에서 오봉수라는 사람을 찾아가세요, 저의 아버지이고 바로 당신의 장인어른이시니 부디 다른 말 하지 말고 저의 안부만 전하고 바로 오세요, 혹 부모님이 화를 당할 수도 있으니까요."

"걱정하지 말아요, 해방이 되면 그때는 떳떳하게 아이 안고 갑시다, 그때까지 열심히 삽시다."

　단양,

예나 지금이나 신선이 머무는 땅이라 하여 풍광이 수려하고 볼거리가 많다, 햇빛이 좋아 물산도 풍부하여 사람 살기가 딱 좋은 곳이라 한다.

수근은 제천장터에서 약주와 푸줏간에서 쇠고기를 몇 근 사고는 큰 길에서 서성거리니 마침 반도의 산천을 다니며 벌목된 나무를 실어 나르는 차 한 대가 흙먼지를 일으키며 다가온다. 신식 도라쿠 적재함에 일원을 주고 편승하여 흙먼지를 뒤집어 쓰고는 목적지까지 갈 수가 있었다.

수근은 혹시 일본 순사에게 검문이라도 당하면 하루코의 아버지 가네야마 군수를 팔 요량으로 하루코에게 집 통신번호까지 외워 두고, 또 종이에 써서 챙겨 두었다.

사기막골 어귀에서 내려서 마침 지나가는 노인에게 오봉수씨의 댁을 물었다.

"어르신 이 마을 오봉수씨 댁이 어디인가요?"

"오봉수, 저기 세 번째 보이는 초가집이요, 그런데 댁은 뉘시오?"

"제천장터 장사꾼입니다. 심부름을 시켜서 물건을 전해주러 왔지요."

"그려? 이 난리에 누가 뭘 시켰나."

그러곤 시큰둥하니 가던 길을 간다.

두근거리는 가슴을 진정시키고 수근은 그녀의 본가 앞에서 잠시 헛기침을 하고는 이내 사람을 찾았다.

"안에 주인어른 계십니까?"

안방과 사랑채에서 동시에 문이 열린다.

"누구를 찾아 오셨소?"

"혹시 이 댁이 오봉수 어르신 집이 맞습니까?"

"내가 오봉수요, 그대는 뉘시오?"

수근은 주위를 둘러봤다. 다행히 이집 식구 빼고는 아무도 없는 듯하다.

"긴히 드릴 말씀이 있으니 제가 방으로 들어가서 말씀을 드리면 안 되겠습니까?"

"들어오시구려."

수근은 장인을 따라 사랑채로 들어갔다. 누군가 궁금했던지 영실의 어머니인 듯 부인도 안채를 나와 따라 들어온다.

"이 어른께서는 뉘신지요?"

"내 안사람이요만 할 이야기가 있으면 하세요."

수근은 두 사람을 아랫목에 앉히고는 용기를 내어 큰 절을 했다.

"아버님, 어머님 절 받으십시오."

"도대체 누군데 들어와서 다짜고짜 절부터 하는 거요?"

"저 영실이 남편 되는 이수근 입니다."

"영실이 남편이라니, 내 딸 오영실 을 말하는 거요?"

"그렇습니다, 저를 이 서방이라고 불러주세요."

"우리 딸이 지금 어디에 있단 말이요?"

놀람과 희망이 섞인 목소리로 재차 묻는다.

"우리 여식 영실이가 지금 어디에 있소?"

거의 이년 전에 일본 놈들이 방직공장에 취직시켜준다고 끌고 간 이후에 생사조차 확인이 안 되어 걱정이 태산 같은데, 갑자기 불쑥 나타나 영실이 남편이라니.

"두 분이 놀라는 것도 당연합니다, 도망자 신세라 연락도 못 드리고 지금에서야 제가 두 분을 찾아왔습니다, 어른들의 허락도 받지 않고 청수 한 그릇 떠놓고 결혼의식을 치르고 수영이라는 잘생긴 사내아이까지 낳아서 잘 키우고 있습니다."

"여보 이게 꿈이요, 생시요?"

"두 분께서는 당분간 비밀로 하여 주세요, 혹시 왜놈들이 찾으러 오지는 않았나요?"

"그 놈들이 온 적은 없소만."

"이상하네요, 분명 따리굴에서 도망친 걸 아는데 안 찾아오다니 이상합니다."

수근은 비교적 소상하게 지난 일들을 이야기 했다.

물론 자신들이 살고 있는 화전촌은 비밀로 한 채.

"우리 사위 시장 할 테니 당신은 어서 점심 준비 좀 하시구려."

장모가 자리를 나가고 수근은 신신당부를 했다.

"두해가 지나서 안 올지도 모르지만 동네마다 끄나풀 들이 있어서 어느 누가 고발할지 모르니 아버님이나 장모님이나 절대 비밀로 해 주셔야 합니다."

"걱정 말게, 우리 집 애 일인데 우리가 함부로 떠벌리겠나? 하여튼 잘 부탁하네, 우리 영실이가 아직 어려서 뭘 잘 모르지?"

"아닙니다, 제가 오히려 많이 배우는 걸요, 살림 사는 걱정은 안 하셔도 됩니다, 아이 키우면서 열심히 잘 살고 있어요, 빠른 시일 내에 아이와 함께 와서 부모님께 인사 올리도록 할게요."

연정을 품다

점심상을 물리고 수근은 두 분께 인사를 하고는 주위의 동정을 살펴가며 집을 나왔다.

이제 그나마 한 집은 걱정을 덜게 하여 주었으니 날 잡아서 영실을 자신의 어머니에게 보내 걱정을 덜어드릴 일만 남았다.

수근은 제천 장터를 지나오다 문득 한 해 전 저잣거리 점집의 그 여자점쟁이가 생각이 났다.

'도대체 내 얼굴에 뭐가 그려져 있어서 그토록 호들갑을 떨었는지 다시 한 번 가볼까.'

집으로 향하던 발길을 점집으로 돌린 수근은 망설임 없이 들어섰다.

"이게 누구신가! 진즉에 올 줄 알았더니 왜 이제야 와."

"오래 전에 왔었는데도 절 기억하고 계시는 겁니까?"

"어디 기억뿐이겠어, 그런데 같이 왔던 사람은 결과가 어찌 되었나?"

"아들이 총독부공무원 시험 봐서 합격했지요, 작년 시월에 정말 아가씨를 하나 데리고 왔는데 여자가 화전촌 시댁은 싫다고 퇴짜를 놓은 모양입니다."

"그게 그거지 뭐."

"그런데 저에 대해서 그 당시 꽤 관심 있게 이야기를 하셨는데 궁금하니 한번 좀 봐 주세요."

"복채부터 앞에다 놔."

수근은 십원 한 장을 그녀 앞에 놓았다.

"진작 그래야지, 어디 사주를 말해 봐."

"저는 단기 4248년(서기 1915년) 을묘년 토끼해 오월 오일 사(巳)시입니다."

"사시라, 가만 있자."

한참을 손가락을 짚어가며, 중얼거리던 그녀가 놀란 표정을 짓는다.

"어랍쇼! 사주에 여자가 둘이 있는데 어느 여자가 진짜라고 말을 못하겠네, 한 여자는 같이 살고, 한 여자는 당신 때문에 평생을 수절하다 죽을 팔자야."

"무슨 소리요? 나는 지금 우리 집사람과 행복하게 사는데 다른 여자라뇨."

"이 사주가 틀리지 않는다면 나는 못 속인다, 분명히 한 여자가 당신을 보며 매일 눈물을 훔치며 시간을 보내는데 문제는 당사자인 자네가 그것을 모른다는 거지, 그 여자는 네 전생의 여인이야, 전생에서도 뜻을 못 이루고 깨져버린 사랑이 지금 생에 와서 또다시 그러고 있으니 참으로 답답할 노릇이구만."

수근은 잠시 어릴 때부터 지금까지 생각을 해 봤다.

그러나 이성을 품었던 여자는 없다.

'혹시 하루코가 내게 정을 품고 있나, 나도 가끔 그녀를 생각했는데.'

"전생의 여인이라니 궁금합니다, 내가 나무 배달하는 집에 아가씨가 나를 각별히 신경을 써 주기는 하는데, 그 정도 가지고 내 여자라 하기는 뭔가 어설프지요, 그 외에는 다른 여자는 몰라요."

"나무 와 여자라, 맞아 떨어지는군, 너의 전생은 단언컨대 나무에 목매달아 죽었어, 그 귀신이 억울해서 저승을 못가고 이승을 떠돌다가 때가 되어 네 어머니 태속에 든거지."

"나 원 참! 말도 안 되는 이야기를 그렇게 자신 있게 말을 하십니까요? 제가 전생을 모르니 마음대로 말해도 뭐라 말할 수가 없고 참말로 황당합니다."

"지난 번에 내가 산전수전 이야기 했던가? 산전은 바로 지금 여자고 수전은 자네 때문에 애를 태우는 여자야, 얼마 안 있어 현해탄인지 태평양인지는 모르지만 바다를 건너게 생겼네, 두고 보라고."

"현해탄이라니요, 내가 일본을 간다는 이야기 입니까?"

"아마 그럴 걸, 조심해. 천기누설로 나에게도 화(禍)가 따라올 수 있으니 난 거기까지만 말할게, 또 모르지! 재수가 좋아서 운명이 비켜갈지도, 이제 할 말 다 했으니 그만 가봐."

"어쨌든 허무맹랑한 이야기를 들었지만 고맙기는 합니다."

"명심해, 운명이란 것은 소나기처럼 왔다가 이슬처럼 슬며시 사라지기도 하는 것이야."

소나기처럼 갑자기 왔다가 아침이슬처럼 흔적도 없이 사라지는 것이 운명이라는 그녀의 말이 귓속을 파고든다.

마음이 어수선한 수근은 집에 오는 내내 곰곰이 하루코를 생각해 봤다.

군수의 딸로 조선 사람은 벌레 보듯 하는 그녀가 유독 수근에게는 고분고분하고 항상 정해진 나무 값보다 후하게 쳐주고 게다가 웃돈까지 건네주며 때론 생활필수품 까지 챙겨주는 그녀를 다시 생각해 봐도 도저히 이해가 안 된다.

'그녀가 정말 날 좋아하나, 난 그냥 자기 집에 나무를 갔다줘서 호의를 베푸는 줄 알았는데.'

장인, 장모를 만나서 벅찼던 감정은 어느 순간 사라져 버리고 점쟁이의 입놀림에 정신이 혼란한 수근은 어찌되었던 조심 또 조심한다는 생각으로 마음에 다짐을 한다.

'그래 그 여자의 말대로 지금의 이 얄궂은 하루코의 선심이 운명이라면 받아들이면 되는 것이고, 혹 애정공세가 있는 운명이라면 비켜 갈 수 있도록 만들면 되는 것이야.'

무거운지 가벼운지 어스름 밀려오는 석양에 긴 그림자를 남기고 상념에 잠겨 걷다보니 아들과 영실이 마중을 나와 있다.

"아부우지이."

말을 배우는 수영이가 제법 아부지 소리를 한다.

"그래, 우리 수영이가 엄마하고 아버지 마중을 나왔네, 많이 기다렸지?"

"으응."

아이를 덥석 안아 볼을 비빈다, 아이가 아버지 품을 파고드는 이순간은 세상 부러울 것 없다.

"일찍 다녀오셨네요?"

"들어갑시다, 두 분은 잘 계시니 걱정 안 해도 됩니다."

"건강들 하신거지요?"

"당신소식을 듣고 어머니가 날 한참 붙잡고 울었어요, 안심시켜 드렸으니 걱정하지 않아도 돼요, 그런데 이년 동안 왜놈들이 한 번도 온 적이 없다 하네요."

그랬다, 무작위로 사냥하듯 잡아서 끌고 가니 이름이 적혀 있는지도 모르고 그들이 모르는 사건도 있었으니 바로 원주 역에서 젊은 남녀 둘을 탈출한 두 사람 대신에 땜 방식으로 끌고 간걸 알 턱이 없으니, 만약에 희생양이 없었다면 분명 온 산을 뒤지거나 신원파악을 하여 가족들에게 큰 위험이 발생했을 것이다.

자신들이 책임추궁이 두려워 또다시 저지른 범죄로 인하여 그들이 살았으니 아이러니 하다.

수근 나이 삼십이 되면서 전쟁도 막바지에 든 듯 읍내 장터에 나가면 심심치 않게 해방이 가까워 왔다는 소리가 들린다. 어디에서 누구 입에서 나온 이야기인지는 모르지만 게다짝을 끌며 딱딱 소리를 내던 발걸음도 한결 조용해지고 얼굴에도 그 초조함이 쓰여 있고 장터에서 점포를 열고 장사하던 일본 사람들 중에 어느 순간 떠나버리고 안 보이는 사람도 있는 것이 그 소문을 사실로 느끼는 사람도 많았다.

수근은 여느 때처럼 나무를 쌓아놓고 하루코를 찾는다.
"잠깐 들어오세요."
머뭇거리자 그의 손을 잡아끈다.
"제가 얼마 안 있으면 본국으로 돌아갑니다, 돌아가기 전에 강동호씨에게 꼭 할 말이 있습니다, 내가 이곳에서 5일에 한번 나무를 핑계로 당신을 찾았었지요. 언제가 될지 모르지만 일본국이 언제까지 대한제국이라는 나라를 지배한다고 저는 생각을 안합니다. 그렇지만 훗날 이웃나라 간에 왕래가 있다면 혹시 동호씨가 일본에 올 기회가 있으면 그때 나는 당신을 보았으면 하는 마음입니다. 아니, 단 한번 만이라도 일본으로 날 찾아와 주시기를 바랍니다, 물론 나도 당신을 찾아서 이곳으로 올 것입니다."
"하루코씨 혹시 일본에서 결혼이라도 하시나요?"
"호호호 아닙니다. 말씀드리기 어려운 이야기지만 아버지는 이 전쟁은 우리의 패망으로 끝나간다고 수차례 제게 말을 하십니다. 성난 이 나라 사람들에게 맞아 죽을지도 모른다는 생각에 저부터 일본으로 돌아가라고 말씀하시는 것이지요, 저는 그전에 강동호씨가 잘 살아 갈 수 있도록 집도 마련해 드리려 합니다만, 허락하시겠는지요?"
"내가 뭐라고 그렇게 까지 신경을 써 주십니까, 진짜 해방이 되어 하루코씨가 돌아가지 못하면 내가 나서서 보호해 드리겠으니 너무 걱정하지 마세요."
"말씀만이라도 고맙습니다."
"그 보다 오늘 시간되면 저와 함께 가 볼 곳이 있습니다, 같이

가 보시겠습니까?”

“어디를요?”

“얼마 전 점도 잘치고 전생을 본다는 점집 보살을 만나서 사주 풀이를 하면서 이야기를 나눴는데 그 분에게 이상한 이야기를 들었습니다, 그 이상한 이야기의 주인공이 혹시 하루코씨가 아 닌가 하는 생각이 들어서 시간이 되면 함께 와 봐야겠다는 생각 을 했거든요.”

“무슨 이상한 이야기 입니까?”

“그게 말하기가 좀 거북합니다, 왜냐하면 저와 하루코 상에 관 한 이야기라 서요.”

“그런 일이 있었나요, 그럼 가 봐야지요, 제 복장이 눈에 띄니 간단한 옷을 갈아입고 나오겠습니다.”

과연 무당의 말이 맞을까.

수근은 사람의 눈을 피해 예닐곱 발짝 앞서서 그녀를 인도했다.

“호호호. 내 열흘도 안 돼 다시 올 줄 알았지.”

방문턱을 넘어서니 반갑게 맞이한다.

그녀는 이상하게도 수근을 기억하고 또 챙기는 듯하다, 마치 자 신의 연구대상이라도 되는 듯.

하루코를 유심히 지켜보던 그녀는 혼잣말로 중얼거린다.

“바로 물 건너 가겠네! 혼자 속 태우지 말고 가기 전에 이 자리 서 속 시원하게 털어 나봐.”

하루코는 당황한 듯 말을 더듬는다.

“무 무엇을 말입니까?”

“네 속에 있는 거, 난 다 알아, 네가 이놈 때문에 깊은 속병이 들 었거든, 왜 아닌척 해?”

사실 그랬다, 나뭇짐을 처음 만난 그날 자석에 이끌리듯 거래를 튼 이후 지금까지 그를 보기만 하면 애를 태우던 일이 왜 그런지 자신도 모르겠다. 속국의 하층민이라 할 수 있는 나무장사에게 그녀가 왜 그렇게 신경을 쓰고 잘 해주는 까닭이 도대체 왜 일까.

"너희 둘은 전생에 사랑을 맺지 못한 이복남매야, 다음 생을 기약했지만 그것마저도 다른 여자에게 빼앗겼어, 그 여자가 누군지 알아? 바로 전생에서 자네의 어머니야, 엄마가 아들을 남편으로 먼저 차지한 거지, 그러니 평생을 혼자 살면서 힘들어 할거야."

"도대체 무슨 말을 하는 겁니까? 옛날 이야기책 이야기도 아니고 누가 글을 써도 이렇게는 안 쓸 겁니다."

"내가 모시는 장군님은 절대로 틀린 소리 안 해, 백이면 구십구가 맞지! 그나마 하나가 틀리는 것도 내가 배려를 해서 그런 것이야."

듣고 있던 하루코는 고개를 숙이고 훌쩍거리며 눈물을 훔친다. 그렇다고 수근은 그녀를 위로를 할 수도 없었다, 점쟁이 말을 듣고 속단하는 것도 그렇지만 나무장수와 일본인 군수의 딸인 그녀와의 관계는 아무리 설명해도 이해가 되지 않는다.

그는 그 자리를 박차고 나왔고, 뒤따라 하루코도 나왔다.

"이제야 내 의문이 풀렸습니다, 그렇다고 강동호씨에게 부담을 주지는 않을 겁니다, 나로 인해 힘들어 하지 마세요."

"저기요, 하루코님 내가 드릴말씀이 있습니다. 지난 1년 이상을 거짓말을 했는데, 내 이름은 강동호가 아니고 이수근입니다. 피치 못할 사정으로 가명을 이야기 했어요."

"아무렴 어때요, 나에게 당신은 강동호 일 뿐입니다, 아까 말씀

드린 당신이 살 집을 제가 만들어 놓고 본국으로 돌아 갈 테니, 아무 소리 말고 받아주세요, 아까 점집 여자의 말대로 우리가 전생에 이복남매였다면, 더욱 산에서 당신의 가족이 어렵게 사는 모습을 보고 싶지는 않습니다. 전생의 보답으로 생각하시고 꼭 받아주세요."

"그렇게 안 해도 됩니다, 난 아직도 그 점쟁이의 말이 믿기지가 않아요. 그 여자의 장군님에 신통력과 그녀의 신기(神氣)가 대단하다 하여도 수백 년 전 일을 어찌 거울 보듯이 그리도 잘 안단 말입니까!"

그러나 하루코의 말대로 일본이 패전한다면 영실과 수근이 도망자의 삶이 아닌 떳떳하게 살 수가 있고, 끌려갈 걱정 안 하고 굳이 화전민으로 안 살아도 되고 어머니를 모시고 저잣거리에 사는 것도 괜찮을 듯싶다.

"더 이상 말씀 안 드리고 제가 알아서 할게요."

귀향

산을 올라오며 점집에서 들은 이야기며 하루코와의 일들을 영실에게 어떻게 설명할지 고민이 된다.

'당신이 전생에 내 어머니고, 나무 사는 아가씨가 이복동생이라네요.'

이렇게 이야길 하면 코웃음을 칠 것이다.

만약 나중에 제천 읍내에 번듯한 집이 우리 집이라 이야기 하면, 그땐 뭐라고 할까.

'그래, 모든 일을 일단은 비밀로 하자, 그보다 일제의 패망이 눈앞이라니 우선 내일이라도 당장 어머니를 찾아뵈어야 해, 두 해가 지나고 삼년이 다 되어 가는데 소식 없는 아들을 얼마나 원망하고 계실까.'

저녁상을 물리며 영실에게 의사를 묻는다.

"여보 우리 내일이라도 우리 어머니를 찾아가 봅시다. 얼마나 나를 원망할지 생각만 해도 가슴이 미어집니다."

"당연히 그래야지요! 우리 집도 다녀오셨으니 얼른 가 봐야지요, 혹시 모르니 내가 먼저 아이 데리고 다녀오는 게 좋지 않을까요?"

"같이 갑시다, 패전이 가까워 오는데 설마 무슨 일 있겠어요." 그러나 영실이는 영 내키지가 않는 분위기 이다.

수근은 자신이 아버지가 되고 보니 그 동안에 느낄 수 없었던 부모의 애타는 마음을 지금은 어느 정도 헤아릴 수 가 있다.

'그래 무조건 내일 가보자, 부정모혈(父精母血)이라 하고 옛날 세월을 낚던 강태공은 '어버이에게 효도하면 자식이 효도하고 이 몸이 효도하지 않으면서 어찌 자식이 효도하길 바랄까' 라고 했다.

다음 날,
아침부터 들뜬 마음으로 세 식구가 집을 나섰다.
영실은 3년 전 집을 나와 똬리굴에서 탈출 후 처음으로 하는 외출이 겁도 나고 설레기도 했다,
'그동안 세상이 어떻게 변했을까, 시어머니는 나를 반겨 맞아 주실까, 설마 왜놈들이 또 나를 붙잡아 가는 건 아니겠지.'

낌새를 눈치 챈 수근이 토닥여 준다.

"당신이 걱정하는 건 알겠는데 걱정 안 해도 됩니다. 내가 나무 장사 하면서 다녀보니 옛날 보다 많이 느슨해지고 왜경도 안 보입디다, 그리고 당신에게 미안한 말이지만 지금 당신의 모습은 나이가 무색하게 애기엄마의 모습이 많이 녹아있어서 당신의 생각은 기우입니다."

제천 저잣거리에서 빠른 걸음으로 가도 대략 두 시간이 넘는 거리를 아이를 업고 금의환향은 아닐지라도 연로한 어머니 계신 곳을 빈손으로 갈 수 없어 이것저것 준비를 하다 보니 발걸음이 꽤 더디다.

맑은 물 넘치는 청풍호반을 지나니 마을 입구가 들어온다.

수근은 혹 누가 볼까 중절모를 깊이 눌러써 얼굴을 가리고 앞서고 몇 발작 뒤따라 영실이 쫓아온다.

안면이 많은 마을의 사람들이 그들을 힐끗 힐끗 쳐다본다.

이러다가 집에 도착도 하기 전에 자신을 알아보는 건 아닌지 모르겠다.

우선은 어머니를 만나서 마을의 동정을 살피고 그 다음에 사람들도 만나야 한다.

'뭐 어때, 내가 죄 지은 것도 아닌데.'

집이 가까워지니 덩달아 발걸음도 빨라진다.

"여보 어서 와요, 저기 보이는 초가집이 내 집이라오."

수근은 잰 걸음으로 집안으로 들어섰다.

"어머니, 어머니."

인기척이 없어서 방문을 열어보니 아무도 없다.

어디를 가셨을까, 어머니가 살고계신 흔적은 뚜렷하니 그나마 마음이 놓인다.

"영실은 아이를 데리고 방에 들어가 있어요, 난 어머닐 찾아보리다."

　수근이 집을 나와서 어머니를 찾아 주변을 살필 때, 어디선가 세 명의 사내가 나타나 그를 둘러싼다.

"수근, 이 빠가야로! 쥐새끼처럼 잘도 숨었다가 이제야 나타났군, 이 세상에는 너를 위한 행복은 없다. 네가 그 행복을 얻으려면 너는 죽어야 하는 기라, 알아들었나?"

수근이 그들을 살펴보니 두 명은 분명 이웃마을의 검정 새치로 불리는 일본의 앞잡이고 한 놈은 사복을 입은 순사인 듯하다.

"무슨 소리냐? 나는 제천군수 야마이치상의 집에서 허드렛일을 하는 사람이다. 너희들이 못 믿겠으면 지금 즉시 전화를 해 봐라."

"뭐라고? 군수님 집에서 일을 한다고! 열차에서 탈출한 놈이 무슨 말도 안 되는 헛소리로 주둥이를 나불대느냐."

수근은 머릿속에 저장해 두었던 하루코집의 전화번호를 그들에게 내밀었다.

"당장 주재소가서 전화해 봐라, 그리고 너희들 이름을 내게 알려 달라, 날 겁박한 죄를 물어 혼을 내야겠다."

오히려 당당하게 큰소리를 쳐 이 자리에서 위기를 모면하려 했지만 그들은 대꾸가 없다.

"자, 이 놈을 끌고 주재소로 가자."

수근이 집에 들어가 영실에게 이야길 할까 하고 생각을 해 보니 잘못하면 그녀에게 까지 화가 미칠지 몰라 그냥 조용히 그들을 따라 나섰다.

최근 열흘 전에 하루코의 집에서 그녀에게 혹시 이런 일이 생길까봐 미리 부탁을 해 두었었다.

'하루코가 전화를 받고 잘 대꾸를 해 줘야 할 텐데 좀 걱정이 되네.'

이때 마을 사람들이 하나, 둘 나서며 수근의 존재를 알아차리고 위로를 한다.

"여보게 수근이 이게 얼마만인데 또 잡혀가나?"

"아저씨 제가 잠깐 주재소를 다녀오겠으니 어머님께 집에서 기다리시라 말 좀 하여 주세요, 제가 뵙지를 못하고 나왔어요."

"알았네, 아마 밭에 있을 것이야."

놈들과 주재소를 가는 동안 수근의 부탁을 받은 이웃아저씨는 급히 들로 나가서 수근의 어머니를 찾았다.

"이봐요, 수근엄마 수근이가 주재소로 끌려갔는데 집에서 기다리라 하더군요."

"수근이라니요? 우리 수근이가 주재소 끌려간 게 몇 년 전 일인데 집에 왔다니요. 그것이 무슨 말씀이세요?"

"그게 아니고 조금 전에 내가 봤다니까, 금방 다녀온다 했으니 집에 가서 기다려요."

수근엄니는 호미를 집어던지고 부리나케 집을 향했다.

가서 옷이라도 대충 갈아입고 주재소를 향할 참이다.

마당으로 들어서니 자신의 방에서 아이소리가 들리고 낯선 신발이 댓돌위에 놓여있다.

"안에 누구요?"

안에서 문을 열고 영실이 나오며 그녀를 맞이한다.

"어머니세요?"

"댁이 누군데 날더러 어머니라고 하는 거요?"

"어머니 저 수근씨 안사람 되는 영실이입니다, 어머니 안 계신 방에 들어와서 죄송합니다, 그이는 어디 있나요?"

"그이라니, 내 아들 수근이 말하는 거요? 주재소로 끌려갔다고 누가 이야기해서 놀라서 집으로 온 거요,"

순간 영실은 눈앞이 캄캄해진다.

기어이 걱정했던 일이 벌어진 것 아닌가, 그러나 처음 보는 시어머니 앞에서 평정심을 잃으면 안 되겠고, 우선은 어머니를 안심시켜야겠다는 생각이 먼저 든다.

"어머니, 애 아범 금방 올 것이니 걱정마시고 들어오세요."

영실은 어머니를 안으로 모셨다.

"수영아, 할머니한테 절 해야지."

영실은 수영을 옆에 세우고 공손히 절을 올렸다.

"내가 인사는 받소만, 꼭 도깨비한테 홀린 기분이야, 도대체 뭔 일인지 모르겠구려! 윗집 영감은 수근이가 주재소에 끌려갔다하고, 집에 오니 손자아이와 며늘아기가 인사를 하고, 좋아해야 하는 건지, 슬퍼해야 하는 건지, 도대체 모르겠네."

"어머니 차차 말씀 드릴게요."

한편.

주재소로 끌려간 수근은 그들에게 하루코의 전화번호를 알려주고 전화를 해 보라 했다.

'또르르 또르르 또르르.'

"여보세요 교환입니다."

"369번을 돌려주시오."

"그곳은 야마이치군수님 댁인데 무슨 일이지요?"

"그냥 돌려주소, 범죄자에 대해서 물어볼게 있소이다."

"잠깐 기다리세요."

잠시 후, 수화기에서 고운 목소리가 흘러나온다.

"여보세요, 누구십니까?"

"네, 청풍주재소장 긴따로입니다."

"긴따로소장님이 무슨 일이시지요?"

"혹시 댁에서 일하는 사람 중에 이수근이란 사람이 있소무니까?"

"있습니다만, 오늘은 본가에 휴가를 보냈습니다."

"이 사람이 사실은 삼년 전에 보국대 가는 열차에서 도망을 친 사람입니다."

"그건 도망이 아니고 그때 우리가 필요해서 데리고 온 겁니다, 당장 집으로 보내세요, 그리고 그 사람 좀 바꿔보세요."

잡아먹을 듯 서슬이 퍼렇던 긴따로가 군수 딸 한마디에 맥을 못 쓰고는 수화기를 수근에게 건넨다.

"전화 받아라."

"하루코상 이수근 입니다."

"제가 이야기 해 놓았으니 얼른 일보시고 내일 오세요."

"알겠습니다."

전화를 끊고는 긴따로를 바라보며 나무라듯 한마디 하였다.

"긴따로 소장님 저는 도망을 한 게 아니고 군수님 집에서 거의 삼년을 일을 했습니다, 앞으로 다시 볼일이 없기를 바랍니다."

자신들에게 불리함을 눈치를 챘는지 윗마을 앞잡이 두 놈도 어느 틈에 사라져 버렸다.

일이 이렇게 된 이상 군이 중절모로 얼굴을 가릴 필요도 없고 고개를 숙이고 다닐 필요도 없어졌다.

발걸음이 급해진다.

자신이 없는 사이에 고부(姑婦)의 만남이 어색할듯하여 뛰듯이 집에 도착을 했다.

"어머니, 어머니."

"오냐, 내 아들!"

마당을 들어선 수근을 잡고 그 동안의 설움이 폭발한 듯 대성통곡을 한다.

"아이고 이놈아, 엄마를 두고 어디 갔다 이제 왔어?"

"어머니, 이제는 어디를 가지 않겠습니다. 용서하세요."

낡은 옷소매로 눈물을 훔치며 다시는 놓지 않겠다는 마음으로 아들의 손을 꼭 잡고 얼굴을 바라본다.

"어머니 어서 방으로 들어가요."

"주재소는 왜 잡혀가고, 어떻게 금방 나왔니?"

"들어가서 차분히 말씀드릴게요."

아이를 안고 눈물을 흘리던 영실도 안도가 되었는지 밝은 표정으로 주재소의 일을 궁금해 하는 표정이다.

"영실이 이젠 도망자로 안 살아도 될듯하오, 면죄부를 받은 건 아니지만 이놈들이 내가 야마이치군수 집에서 일하는 사람으로 알고 있으니 우리 떳떳하게 살아갑시다."

수근은 어머니에게 그동안의 일들을 비교적 소상하게 이야기를 했다.

어느 틈에 가서 앉았는지 수영이는 할머니 무릎에 앉아서 재롱을 부리고 있다.

수근은 그 모습을 보면서 이제 뭔가가 일이 술술 풀려서 제대로 돌아가고 이것이 사람 사는 것 같다는 생각이 든다.

"어머니 시장 하시지요? 제가 얼른 밥상을 차려 올릴게요."

"아서라 내가 하마."

"어머니 그냥 저 사람이 하게 두세요, 생전 처음으로 시어머니에게 봉양을 올리려 하는데 며느리의 행복을 깨면 안 되는 거지요."

"그래, 우리 며느리 밥상 좀 받아보자."

영실이 부엌으로 나가니 어머니가 수근에게 속삭인다.

"색시는 참하다만, 색시부모는 만나봤니?"

"어머니 저 사람은 단양 어상천 사람이어요, 저는 만나봤지만 애 엄마는 아직 자기 부모를 못 만났어요, 그래도 내가 가서 안부 전하고 아무 걱정 말라 했으니 안심은 하고 있을 겁니다."

"그래! 그러면 하루 빨리 너희 세 식구가 찾아가서 그 집에도 행복한 모습을 보여줘야겠구나."

"그보다 어머니, 왜놈들이 패망할 날이 멀지 않았어요, 제가 하루 빨라 화전생활 정리 하고 나무장사도 정리하고 이제는 편히 모실 테니 조금만 더 참고 기다려 주세요."

"아무렴, 삼년을 기다렸는데 그깟 조금 못 기다리겠냐! 아무소리 말고 잘 정리해고 내려오려무나."

조선농업보국청년대

　점심식사를 마친 후,
수근은 마을의 어른들을 찾아다니며 일일이 인사를 하였다. 자
신이 없는 동안에 어머니를 보살펴준 동네사람들에게 잔치라도
열어 베풀고 싶지만 곳곳에 숨어있는 친일파의 흔적들에 해코지
가 예상되어 그 일은 훗날로 기약한다.
　"수근아, 일본 놈들에게 끌려가서 살아 돌아 온건 우리 마을에
서 네가 최초 인기라."
　"그러게 말일세, 아버지도 마적단 놈들과 싸워서 전사를 했지
만 부자가 정신도 애국심도 올바른 사람들이여!"
마을 어르신들의 덕담이 그저 감사할 따름이다.
　"제가 전생에 좋은 일을 많이 했나봅니다, 고비도 있었지만 그
때마다 하늘이 돕고 용기를 잃지 않았어요."
수근은 마치 자신의 무용담을 늘어놓듯 입으로는 이야기를 했지
만 속으론 자신을 타이르고 있었다.
　'화전 일구면서 나무장수나 하는 너이다, 너무 뻥을 치지 말라.'
어쩌면 그분들이 자신이 군수네 집에 나무를 팔아서 살고 있다
고 말을 하면은 '네놈이 바로 일본 놈 앞잡이 아니냐?'
할 수도 있는 처지가 아닌가. 그렇게 자신의 존재를 마을에 다니
면서 알리고 집으로 돌아오니 그동안 찌들어 있던 어머니의 얼
굴은 언제 그랬냐는 듯 활짝 피어서 수영이 재롱에 웃음꽃이다.
　'아! 이것이 행복인데, 내게는 이 행복을 깨지 말고 지켜야할 책
임이 있어!'

행복을 즐겨야할 시간이 지금이고 그 행복을 즐겨야할 장소는 바로 이집이기 때문이다.

그날 밤은 네 식구가 한 이불을 덮고 서로의 체온을 느껴가며 꿈길에서 꽃길을 걸어가고 있다.

　다음 날,

수근은 어머니께 모든 것을 정리하고 곧 오겠다는 인사를 하고 무지개마을을 떠났다.

어머니야 아쉬움이 가득했지만 빠른 만남을 기약하며 흐르는 눈물을 애써 감추고 배웅을 한다.

"화전 그만 일구고, 나무장사 그만하고 빨리 와서 엄마 하고 농사 지며 살자꾸나."

"걱정 마세요, 어머니 빨리 정리하고 올게요."

　수근이 무지개마을을 떠난 그 시각 군청의 야마이치군수실에서는 긴급 대책 회의가 열리고 있었다.

패전의 그늘이 깊어가는 전선에서는 연전연패의 소식만 들리고 남아있는 조선의 젊은이들을 총알받이로 쓰겠다는 심산인지 보이는 족족 잡아서 끌고 오라는 회의다.

　회의가 끝난 후,

긴따로는 군수에게 어제 있었던 일을 이야기 했다.

"군수님, 제가 주요 지명 수배자를 잡았는데 알고 보니 군수님 댁에서 일을 하던 사람이더군요, 정말 죄송하게 되었습니다."

"무슨 헛소리야? 우리 집에는 일하는 사람이 없는데."

"제가 어제 분명히 하루코 아가씨와 통화를 했습니다, 댁에서 일을 한다 하더군요."

"뭘 잘못 알았겠지, 내가 딸에게 확인해 보겠지만 우리 집엔 그런 사람이 없어, 확인해 보고 연락할 테니 잡아들이시오."

"알겠습니다."

퇴근을 한 야마이치는 딸에게 물었다.

"네가 도망자를 두둔하며 숨겨준 적이 있느냐?"

"그런 일이 없는데 무슨 일이 십니까?"

"어제 청풍주재소장과 통화를 했느냐?"

"했습니다, 우리 집에 땔감을 공급해주는 선민(鮮民)입니다."

"그자는 징용 도망자로 주요수배자 란걸 몰랐느냐?"

"아버지 그 사람은 열심히 일하며 사는 한 가정의 가장입니다. 그런 사람이 어찌 흉악한 도망자 일리가 있나요? 설사 그런 일이 있더라도 우리 집에 나무를 가져다준 사람이니 수배해제를 하고 용서해 주세요."

"단연코 안 된다, 지금 우리 대일본제국의 처지가 풍전등화의 위기에 있는데 그깟 사소한일로 대의를 그르치면서 놓아줄 수는 없다."

"어찌 그것이 대의입니까? 불쌍한 사람 살려주는 게 대의고 인간의 도리지요."

"허허허 하루코야 나는 우리 대일본제국 조국의 일이 먼저다, 너 같이 무른 사람들 때문에 나라가 이지경이 되고 있는 것이다."

그는 전화기를 들고는 어딘가로 전화를 한다.

"이봐 교환 즉시 청풍주재소로 전화를 돌리라."

"여보세요, 청풍주재소입니다."

"긴따로 바꾸라."

"하이 긴따로소장 입니다."

"낮에 회의 때 말했던 그놈을 잡아서 조선농업보국청년대로 즉시 보내라."

"알겠습니다."

그 말을 들은 하루코는 안절부절 이다, 집을 모르니 찾아 갈 수도 없고 내일 나무를 가지고 오는 날인데 잘못하면 잡힐 수도 있으니 아침 일찍 나가서 그가 오는 길목에서라도 지키고 있다가 보는 즉시 피신을 시켜야겠다는 생각이 든다.

밤이 깊어오는 시간에,

청풍 주재소의 긴따로 소장은 자신이 직접 부하 둘을 데리고 홍예마을로 찾아갔다.

아닌 밤중에 홍두깨라고 일찍 잠자리에 들었던 어머니는 밖에서 깨우는 소리에 혼비백산 문을 열었다.

"이 밤중에 누구요?"

"이수근이 당장 나와라."

"수근이는 자기 집으로 갔는데, 어째 찾는 답니까?"

"말이 많다, 얘들아 뒤져라."

그러나 아무리 뒤져봐야 수근은 집에 없으니 그 어머니에게 협박을 한다.

"당신 아들은 도망자로서 이젠 군수까지 팔아가며 우리를 기만했으니 중형을 면치 못할 것이요, 그러나 어디 있는지 알려주면 근로보국대로 보내 총살은 면하게 해 주겠으니 빨리 있는 곳을 말하시오."

"나도 집이 어디인줄 모르고 일년 후에 정리하고 온다고 했으니 그때 가서 만나 따지시오."

"이 늙은이가 안 되겠군, 얘들아 이 늙은이를 끌고 가서 가둬라."

수근어머니는 동네방네가 떠나도록 소리 소리를 질렀다.

"동네사람들 여기 나라를 빼앗은 날강도 도둑놈들이 날 잡아가요, 어서 나와서 이놈들 좀 때려주고 날 좀 구해줘요."

"자꾸 소리 지르고 반항하면 집을 불살라 버릴 것이오, 조용히 따라오소."

그러나 누구하나 나오는 사람도 없이 절규는 밤하늘에 울려 퍼진다.

이 무슨 봉변인가, 그래도 지난 삼년 힘들어도 잘 살았는데 수근이 왔다 간 뒤로 앙심을 품은 긴따로는 일을 크게 벌려 놓고 만다.

음흉한 긴따로의 속셈은 일단은 수근어머니를 잡아다 가둬놓고 수근이 오면 쓸모없는 노인네는 놓아줄 속셈이다.

　다음 날,

수근은 여느 때처럼 승기아버지와 나뭇짐을 지고 읍내 장터로 내려왔다.

지난밤 일은 생각조차 할 수 없는 일이지만 위기는 바로 다가왔다.

지게를 지고는 하루코의 집 앞에 오니 하루코가 두 남자와 실랑이를 하고 있다.

하루코가 수근을 본 순간 소리쳤다.

"강동호씨 오늘은 나무가 필요 없어 안사니 다음에 오고 다른 곳으로 빨리 가세요."

수근이 불길한 예감을 직감하고 돌아 서려는 순간, 한 녀석이 큰 소리로 말을 한다.

"도망가면 네 에미의 목숨이 위태로우니 어디 도망 가봐라."

수근은 지게를 지고 침착하게 평소와 다름없이 그녀의 집에 내려놓고는,

"내가 어제 입이 달토록 이야기했는데 왜 자꾸 내게 이러는 겁니까?"

"강동호씨 내가 이수근이란 사람 없대도 이 난리네요."

"강동호라고 이 쥐새끼 같은 놈이 이름도 바꿨군!"

그러나 수근은 자신이 강동호라고 변명을 할 수가 없다. 어머니를 볼모로 잡고 있는 이상 더 이상 버티기가 어려움을 느낀다.

"하루코상, 진정하세요, 그리고 그동안 정말 많이 고마웠습니다, 후일 내 아내라고 하는 여자가 혹시 찾아오면 '너무 걱정 말라고 가서 편히 일하다 이년 뒤에 돌아온다' 했다고 꼭 이야기를 해서 안심을 시켜주기 바랍니다, 그리고 오늘 상황을 잘 설명해 주시기 바랍니다."

그리고는 체념한 듯 놈들을 향해 말했다.

"자! 가자, 내가 이수근이다."

하루코는 동족 앞에서 누구 편을 들 수도 없고 발만 동동 구르며 넋을 놓고 수근의 뒷모습을 바라본다.

수근은 앞장서서 청풍주재소를 향했다.

놈들에게 붙잡혀 있을 어머니를 생각하니 일각이 삼추 같다.

한편으로 생각해 보니 그동안 잘 계시다가 자신이 나타남으로

인하여 이런 고초를 당하시니 불효도 이런 불효가 없다고 자기 가슴을 치며 원망을 한다.

'영실이 말대로 조금만 더 있다 갈걸, 이게 뭐야.'

주재소에 도착하니 어머니는 오랏줄에 묶여서 구석의 나무의자에 고개를 숙인 채 앉아 계시고 어제 속은 것이 분했던지 긴따로는 그를 보자마자 방망이로 어깨를 내려친다.

"빠가야로 네 놈이 감히 어디서 내게 건방을 떨어!"

수근은 긴따로를 노려보며 달려들어 같이 멱살잡이를 하였다.

"이 더러운 놈아, 네 놈들은 어미, 애비도 없냐? 어디 노인을 끌고 와서 오랏줄로 묶어놓고 욕을 보이냐."

수근은 놈과 뒹굴면서 뒤엉켜 싸우고 어머니는 놀란 듯 연신 수근을 부르고 다른 놈들은 두 사람을 떼어놓으려 안간힘을 쓴다.

"수근아, 안 된다 그만해라."

두 사람을 떼어놓고 수근을 오랏줄로 묶은 다음 씩씩거리던 긴따로는,

"늙은이 풀어주고 이놈은 꼴도 보기 싫으니 빨리 조선농업보국청년대 모집소로 보내라, 군수님 마음 변하기전에 보내 버려야 해."

"어머니 겨우 만나 효도를 하려했는데, 또 이렇게 되었네요, 죄송합니다."

"내 걱정 말고 다녀오너라."

"자, 제천 역에 가서 중앙선 태워 경성으로 얼른 보내라, 시간 없다."

어둠이 깔리는 역사에는 아직도 끌고 갈 젊은이가 남았는지 이

십여 명이 대기를 하고 있었다.

다른 사람과 달리 수근은 포승줄에 묶여서 행동이 자유스럽지 못하고 무슨 큰 죄라도 지은사람처럼 주위에서는 수근 거린다.

"도망치지 않을 것이니 이것 좀 풀어주시오."

"조금 기다려라, 열차 타면 풀어줄 것이다."

'맞아, 열차를 타면 똬리굴을 들어가지, 지난번처럼 그때 다시 기회를 봐야지.'

인솔자가 나타나고, 뒤이어 무장을 한 일본군 다섯 명이 좌, 우에서 그들을 감시한다.

"너희들은 지금 열차를 타고 경성으로 간다. 경성 역에서 기차를 바꿔 타고 부산으로 가서 대일본제국 일부는 군수농업에 일부는 철강공장으로 갈 것이다.

그곳에서는 환경이 좋은 기숙사와 고품질의 식사, 그리고 다달이 백원의 급료를 받고 이년 근무 후 다시 이곳 고향으로 돌아올 것이다, 질문 있나?"

모두 조용하다.

"질문 있나?"

역시 조용하다.

"그럼 질문이 없는 것으로 알고 이만 출발한다, 보국대원들을 데리고 온 각 주재소의 인솔자들은 모두 돌아가시오."

청풍의 인솔자는 수근의 포승줄을 풀어주면서 다짐을 받는다.

"말썽부리지 말고 다녀오라, 네가 잘못하면 너의 모친이 다친다는걸 꼭 명심해라."

"알겠소, 홍예마을 가면 우리 어머니나 가끔 돌봐주쇼."

"내가 그런다고 하면 네 놈이 믿겠느냐만, 그러나 나도 양심이 있는 사람이니 수박 겉핥기라도 가끔 가면 들여다보겠다."

그렇게 수근은 고향 제천을 떠났다.

많은 사람과 많은 생각들이 스친다, 삼년을 지나서 다시 열차를 타고 놈들에게 끌려 원수의 나라로 노동을 하러간다.

어쩌면 다시는 볼 수 없는 아내와 아들, 그리고 어머니, 이년 동안 한결같은 마음으로 자신에게 베풀었던 여자, 일본인 하루코, 그 모두는 자신의 인생에서 생사고락과 희망이라는 선물을 전해고 잠깐이나마 행복을 알게해준 사람들 아니던가.

열차가 똬리굴로 들어설 때 잠시 망설였으나 어머니의 안위를 생각하여 차라리 이년 동안 고생을 하던, 돈을 벌던 내 한 몸 희생하고 다녀와서 편히 사는 것이 좋겠다는 생각이 들었다.

현해탄의 비극

　영실은 날이 컴컴해도 돌아오지 않는 수근을 밖에서 서성대며 기다린다.

승기아버지가 수근을 기다리다 그냥 왔다는 말을 듣고 부터는 불안감이 엄습해 온다.

가난해도 사랑이 있기에 잘 버텼는데 수근이 없으면 아이와 둘이 어떻게 살아갈 것 인가.

　'혹시 어머니에게 무슨 일이 있어 못 오나, 내일 기다리다 안 오면 어머니에게 가 봐야겠네.'

　그 시간,

잠을 못 이루기는 하루코도 마찬가지였다.

자신이 보는 앞에서 순사들에게 끌려가고 아버지마저도 철저하게 자신의 부탁은 외면해버려 낙담하여 일본에 돌아가면 무슨 수를 쓰더라도 그를 구출하여 대한 땅으로 환국을 시키리라 마음을 다잡고 생각을 한다.

다음 날 조반을 마친 하루코는 나무장터로 가서 수근과 함께 일을 하던 승기아버지를 찾았다.

장날이 아니라서 그 사람은 없었지만 근처의 나무판매상을 찾아가니 그 사람을 잘 알고 친절히 알려준다.

"저 실례합니다, 혹시 나무장수중에 화전촌에서 오는 승기아버지란 사람을 아시는지요?"

"알다 뿐이겠습니까, 아가씨 왜 그러시나요?"

"꼭 만나 뵈어야 할일이 생겨서요."

"그럼 내일 오전 열 한시쯤 이곳으로 오시면 만날 수 있지요."

"감사합니다, 혹시 제가 다소 늦더라도 그 사람을 보면 하루코라는 사람이 꼭 만나야 한다고 말을 전해 주시기 바랍니다."

"알겠습니다, 하루코 아가씨 꼭 전해줄게요."

다음 날,

정오가 되기 전에 하루코는 나무장터에서 승기아버지를 만났다.

"혹시 이수근씨와 같이 다니시는 분 맞으시지요?"

"그렇습니다만 왜 그러십니까?"

"수근씨를 집에서 찾지를 않던가요?"

"그러잖아도 걱정을 하면서 오늘 시댁을 간다고 하였습니다만, 왜 그러시나요?"

"이틀 전에 우리 집에 나무를 가져오고 그 자리에서 붙잡혀 일본으로 갔습니다. 미처 연락도 못하고 집을 알 수가 없어서 제가 승기부친을 기다렸습니다."

"혹시나 하고 내가 걱정을 했는데 예감이 맞았군요! 아마 지금 쯤 출발을 해서 청풍인가 시댁으로 갔을 겁니다."

"그러면 제가 청풍으로 가 봐야겠습니다."

"그러지 마시고 내가 그 소식을 전해 줄 테니 그만 집으로 가세요, 그게 좋을 듯합니다."

"그럼 저 대신 꼭 좀 부탁드립니다, 이년을 약정하고 갔습니다만 제가 며칠 내 일본에 가면 소재를 파악하여 어떻게든 구출을 하여 바로 댁으로 보내드린다고 말씀해 주세요."

"꼭 부탁을 드립니다, 일본인들이 모두다 하루코 아가씨처럼 고운 마음을 갖고 있다면 얼마나 좋을까요, 하여튼 수영이 엄마 에게 꼭 전하겠습니다."

기다리다 지친 영실은 아이를 데리고 청풍의 시댁을 향하고 있었다.

그 시각 수근은 열차를 타고 부산엘 도착했지만 그걸 알 길이 없는 영실은 아이와 시어머니를 찾았다.

"아이고 , 며느리야 이를 어쩌면 좋으냐?"

"어머니 무슨 일인가요, 그이가 집엘 오지 않아서 여길 왔나 하고 왔어요."

"아니다, 왜놈들이 보국대 데리고 갔다, 이년 있다가 보내준다 하더라, 여기만 안 왔어도 그런 일이 없었을 텐데, 나 때문에 이런 사달이 났으니 내가 너를 볼 면목이 없구나."

하늘이 무너지는 아픔이 이런 것이었나, 영실은 털썩 자리에 주저앉고 말았다.

그러나 이미 지나버린 일을 슬퍼할 수도, 슬퍼해도 안 되는 노릇이고 보니 영실은 오히려 체념한 듯 일어서서 시어머니를 위로 한다.

"어머니, 제가 그이가 돌아 올 때까지 잘 모실게요, 그만 진정하세요."

그날 이후,
산촌으로 돌아온 영실은 자신과 남편의 사랑과 행복이 고스란히 녹아있는 집을 정리를 했다.
그리고 피와 땀을 흘려가며 일궈놓은 화전을 그동안 자신들을 보살펴준 승기네 집으로 넘기고 얼마 되지 않는 살림살이를 정리하여 시댁으로 들어와 어머니와의 새로운 삶을 시작한다.

한편,
부산항에서 현해탄을 건너기 위해 부산과 시모노세끼(下關)를 오고가는 정기 여객선을 기다리던 수근은 자신의 운명을 다시 한 번 시험하기로 마음을 굳히고 여객선 타기만을 기다리고 있었다.
같이 모여 있던 일행 중에 누군가 두 사람이 귓속말로 속삭이며 말하는 소리가 수근의 귀를 파고들었기 때문이다.

"배가 밤에 출발하니 영도 아치산 근처에서 바다에 뛰어 내리면 살 수가 있다네."

"정말인가?"

"그래 이 사람아, 그렇게 해서 도망쳐 나온 사람들이 많다는 걸."

"그럼 우리도 오늘밤 탈출해야 하는 것 아냐?"

"쉿 조용히 해, 누가 들어, 그런데 자네 수영 자신 있지?"

"내 별명이 물개잖아."

그 소리를 들은 수근은 생각을 가다듬는다.

'그래, 배를 타고 가다가 바다에 뛰어 내리면 누구인지 모를 거야, 바다에서는 바닷물의 짠 기운으로 사람을 물에 뜨게 만든다 하니 섬이 보이면 뛰어내려 섬으로 가서 숨어 있다가 돌아가야지, 말이 2년이지 그걸 어찌 기다리고, 또 침략자들이 하는 그 말을 어떻게 믿는단 말이야.'

거센 풍랑으로 인해 출항이 이틀이나 지연되었던 배가 오늘밤은 파도가 없어 출항을 한다하니 수근은 이번이 마지막 기회라는 생각이 들었다.

"뿌~웅, 뿌~웅."

뱃고동 소리를 울리면서 부관연락선이 떠나고 수근은 수시로 갑판후미의 동정을 살폈다.

배가 출발하고 삼십여 분이 지났을까, 오른쪽으로 멀리에서 검은 듯 산이 보인다.

'저 산이 아치산인가 보구나,'

갑판을 살펴보니 소총수 한명이 선미와 후미를 왔다 갔다 한다. 그가 선미를 향할 때 수근은 객실에서 나와서 후미로 갔다.

호흡을 가다듬고 주위를 살펴본다, 다시 보초가 후미로 돌아올 시간이 이십여 초 남아있다. 자신의 생과 사를 생각할 겨를도 없이 그는 즉시 바다로 뛰어 내렸다.

'나는 죽음을 겁내지 않는다, 다만 내 의무를 저버리고 일본을 갈 수 없기에 뛰어 내린다, 먼저 가신 아버지, 영원사 부처님, 그

리고 저를 아는 모든 분들 나를 위해 기도를 하여주세요.'

칠월의 바닷물의 온도는 견딜만 하였지만 거친 물결과 미숙한 수영으로 수근의 생각과는 다르게 앞으로 나아가기가 쉽지 않다.

새털보다 가볍던 자신의 몸이 태산처럼 무겁게 느껴지며 팔을 한번 앞으로 저어 나가는데도 천근만근 추라도 손에 쥐고 수영을 하는 듯 몸은 자꾸만 바다 속으로 내려가는 느낌이 든다.

'아! 내가 이대로 죽는 것인가.'

'영실, 하루코, 수영, 어머니 내가 정녕 이 세상이 사람이 아니길 바라는 겁니까? 내게 안녕이라는 인사도 안 해주는 겁니까? 나는 살고 싶은데, 나는 아직도 할 일이 많은데 왜 나를 이대로 보내려 하는 겁니까?

이렇게 허무하게 가고 싶지는 않은데, 고결하게 살다 가고 싶었는데, 아! 어머니 용서하세요, 아버지 우리 조금 있다가 만나요.'

썰물에 떠밀려 육지와 멀어지며 꿈인 듯 생시인 듯 정신을 차리지 못하고 점차 생각이 희미해진다.

호흡이 떨어지고 자신을 감싸고 있는 것이 물인지 아니면 안개인지도 분간이 안 되고 서서히 바닥으로 가라앉는다.

그동안의 이 세상에 와서 살아가던 일들이 주마등처럼 스쳐간다, 원망도 미움도 죽음 앞에는 다 부질없는 것이지만 세상을 원망하면서 그는 자신의 고향이 아닌 진정한 무지개다리를, 돌아올 수 없는 다리를 건너가고 있었다.

죽음만큼 확실한 것이 없다는 평범한 진리 앞에서 그는 미처 준비하지 못한 죽음을 맞이하면서 어린 시절의 추억과 행복했던 기억들을 떠올리며 평온하게 생자필멸의 진리를 받아들이고 있었다.

  수근이 떠나고 얼마 지나지 않아서, 야마이치 군수는 경성의 총독부에서 한통의 전문을 받았다. 전선의 전황이 급격히 불리하니 가족과 함께 있는 사람들은 본국으로 가족을 송환시키라는 다급한 전갈이었다.
군수는 자신의 딸 하루코에게 본국으로 돌아갈 것을 재차 권하였다.
  "아버지의 잘못으로 수근이란 사람이 보국대로 끌려갔으니 그 사람의 처자와 모친을 위해서 집을 한 채 마련하여 주고 살아 갈 수 있도록 도와준다면 아버지 말씀대로 일본으로 돌아가겠습니다."
  "네가 그렇게 각별히 생각을 하니 적선(積善)하는 셈치고 그리 해주마."
  "적선이 아니고 아버지가 한 가정을 깨트렸으니 인간적인 도리를 해야하는 것입니다, 하루 빨리 집을 마련하여 그 부녀를 이주시키면 제가 고향 지바현으로 돌아가겠습니다."
  "네가 여기 있으면 다 죽는다, 나도 곧 뒤따라 갈 것이니 말을 들어라."
군수는 결국 하루코의 성화에 못 이겨 집을 마련하여 영실의 이름으로 등기를 하여주고 청풍주재소를 통해서 그녀에게 집의 존재를 알려준다.
그러나 영실은 자신의 남편을 보국대로 보낸 군수가 밉고 원망스러워 입주를 하지 않고 수근이 돌아오면 그때 생각해 본다는 답을 전했다.

하루코는 떠나기 하루 전날 장터의 점쟁이를 찾았다.

"몇 달 전에 저를 데리고 이곳에 왔던 나무장수 기억하시지요?"

"당신 전생 이복 오빠 말인가?"

"네, 그때 그리 말씀하셨지요."

그의 사주를 찾아 한참을 살펴보던 그녀는 불쑥 한마디를 뱉는다.

"그 사람, 지금은 이승사람 아냐."

"그게 무슨 말이지요?"

"죽었다니까, 산전은 잘 겪었는데 수전(水戰)을 결국은 못이긴 거야."

"보국대 가서 두 해가 지나면 건강하게 돌아올 텐데 어찌 그렇게 악담을 하십니까?"

"두고 보면 알겠지, 내 점괘는 백이면 구십구는 맞아."

하루코는 그 점쟁이가 괘씸하고 기분이 상하여 그곳을 나왔다.

'자기일 아니라고 입을 함부로 놀리고 있어, 나쁜 사람 같으니라고.'

하루코는 수근은 살아있고 일본에서 자신과 만나 반드시 귀향을 시켜야 한다는 책임감에 마음이 급해졌다.

'그래 한 시간이라도 앞당겨서 떠나야겠어, 하루 빨리 그 사람을 찾아서 용서를 빌고 귀환을 시켜야해.'

다음 날 날이 밝자 마음이 급한 하루코는 가방 몇 개를 대충 정리하여 아버지의 관용차에 싣고는 경성부로 출발을 하였다.

경성에서 자신의 짐을 운반하여줄 사람을 만나서 부산 행 열차에 몸을 싣고 그녀는 경성을 떠난다.

기차가 왜 이리 더디게 가는지 불안한 마음 때문에 빨리 가야 하는데 답답하다.

이는 조국의 패망도 아니고 제천을 떠남도 아니고 오로지 자신의 전생 이복오빠라는 수근이 마음에 걸려 그 사람의 소재를 한시바삐 파악하고자 하는 마음 때문이다.

나무장사하는 사람을 오일에 한번 씩 만나서 나무를 받다보니 호감을 느꼈고 그 호감이 결국은 전생에 사랑을 못 이룬 이복오빠이고 인연이 있기에 서로 만나게 된 것이라는 점쟁이의 말이 너무 꺼림직 했기 때문이다.

'일본에 돌아가면 반드시 찾아서 송환이라도 시켜야 하는데 죽었다니.'

하루코는 자신에게 자책을 한다.

'하루코야 그는 아무것도 아냐, 마음 쓰지 마.'

하루코는 신경쇠약에 걸린 듯 비틀비틀 간신히 연락선에 오르고 갑판에 서서 배가 지난 자리의 부서지는 포말을 넋을 놓고 바라본다.

얼마나 달렸을까, 누군가 자신을 부르는 소리가 들린다.

누가 나를 부르는 것이지! 이 배 에는 아는 사람이 없는데.

"하루코, 하루코."

어디선가 또다시 자신을 부르는 소리에 뒤를 돌아본다.

그러나 아무도 없다.

"하루코, 하루코."

그를 부르는 소리에 비틀 비틀 갑판을 헤매던 하루코는 갑판의 후미 끝에서 그에게 손짓하는 수근을 발견한다.

하루코는 그를 향해 달려간다.

"아! 수근씨, 왜 여기에 계세요?"

"하루코, 하루코."
또다시 부르는 소리 주저 없이 하루코는 수근을 향해서 달려들었다.

그녀는 그게 꿈길인 듯 아니면 죽음이 겁나지 않는 듯 수근의 품에 안기는 것이 자신의 의무인 듯, 그렇게 그녀는 수근의 허상을 끌어안고는 깊은 현해탄의 바다로 뛰어 내렸다.

그게 삶인지 죽음인지도 모른 채, 생각이 깊다보니 수근의 환영을 보고 오직 그리운 사람을 향해서. 그녀는 순간의 망설임도 없이 깊은 심해로 사라져 버린다.

영원이란 것도 없고 수근을 구해서 무지개마을로 돌려 보낸다는 자신의 약속도 육신이라는 껍데기와 함께 수장이 되어버린다.

죽지 않으면 안 되는 것이 사람이고 아무리 밝은 빛이라도 어둠이 되지 않으면 안 되듯이 그녀는 생명의 마지막인 죽음이라는 것을 자신의 헌신적인 사랑으로 포장을 하여 가버린 것이다.

그로부터 수일(數日)이 지난 팔월의 어느 날,
일본 히로히토 왕은 연합군에게 무조건의 항복을 했다.
그러나 운명의 장난인 듯 현해탄 물길에서 사라진 수근은 끝내 집엘 돌아오지 못하고 세 여인의 가슴에 대못을 박아 놓고는 흐르는 세월의 시간을 따라서 서서히 기억 속에서 점차 희미해져 가고 끝내는 원망도 안타까움도 멀어져갔다.

-2부 끝-

누구나 한번은 반드시 죽게 된다.
빛도 어둠이 되어봐야 밝음을 알듯이
어디서 나를 기다릴지 모르는 죽음의 수레바퀴
어디에서 오던 항상 준비를 해야 하는 것,
그러나 죽음을 찾지는 말라
그것은 스스로 찾아온다.
다만 잘 보낸 하루가 보약 같은 잠을 주듯이
잘 써진 인생을 살면 되는 것이다.

운명은 수레바퀴처럼 돈다.
오늘은 위에 있다가 내일은 그 밑에 있다.

숙명이라는 이름

종이라고 하는 것은 치면 소리가 난다.
쳐도 소리가 나지 않는 것은 세상에서 버린 종이다.
또 거울이란 비추면 형상이 나타난다.
비추어도 형상이 없으면 세상에서 내다버린 거울이다.
보통 사람이란 사랑하면 따라 온다.
사랑해도 따라 오지 않는 사람은 또한
세상에서 버린 사람이다.

– 한용운–

마애불과 덕소 마을

조국근대화의 광풍이 세차게 불던 60년대 말.

경향각지는 그야말로 공사장을 방불케 한다. 신작로를 만들고 초가를 걷어 내 슬라이트를 올리고 도시나 농촌이나 사람들이 쉴 틈이 없이 돈을 찾아다니며 모두가 남에게 뒤질세라 고생끝에 병이 오는 줄 모르고 몸을 혹사 시킨다.

대도시의 변두리라 할 수 있는 도심을 벗어난 외곽도로, 차체 하부의 매연 통이 터진 듯 꿍음을 질러대면서 트럭 한 대가 마치 시위를 떠난 화살처럼 달린다.

도로포장을 핑계로 파 헤쳐진 길바닥은 바싹 말라서 10미터 앞이 안보일 정도로 흙먼지가 날리고 그 길을 따라서 등굣길 많은 학생들이 짜증어린 표정으로 먼지를 뒤집어쓰고 아침부터 기분 잡쳤다는 듯이 얼굴이 일그러져 길을 간다.

어쩌다 비가 오면 흙탕물을 뒤집어쓰고, 무슨 난리도 아니고 어린 청소년들에게 최악의 고통이라 할 수 있는 먼지 세례가 매일 매일 반복이 된다.

30초가 멀다하고 굴곡이 심한 비포장도로를 흙먼지를 일으키면서 오가는 차량들에게 학생들은 삿대질을 하며 욕을 퍼부어 댄다.

"나쁜 새끼들!"

"가다가 펑크 나서 차가 확 엎어져라."

"논바닥에 처박혀 못 나오는 사고나 나라."

온갖 지저분한 악담이 쏟아진다.

그러나 그런 환경 속에서 무심한 듯 땅을 바라보며 터덜터덜 걷고 있는 한 소년이 있다.

최근 며칠 동안 온갖 망상에 사로잡혀 두통이 심하고 의욕도 없으며 공부조차도 하기가 싫어 억지로 학교를 가는 그에게 흙먼지 따위는 눈에도 안 들어온다.

지나는 차량들이 먼지를 일으키는지, 아이들이 욕을 하는지, 관심도 없고 다만 얼굴을 찡그리면서 가기 싫은 학교를 억지로 가는 발걸음이 무겁다.

어느 때 부터인가 소년 현성의 머릿속에는 알 수 없는 기운이 자리를 잡아 자신을 조종하고 있다. 마치 접신을 요구하는 애기 동자처럼 생각에도 없는 헛말도 나오고 때론 누구에게 맞은 듯 몸에 멍이 들어 어린 나이이지만 혹 자신이 죽을병에 걸린 건 아닐까하는 얄궂은 망상에 사로잡히기도 한다.

또래의 가녀린 한 소녀의 울부짖음이 허공을 스쳐 자신에게 메아리쳐 오다가 사라지는 묘한 꿈을 꾸기도 하고, 또 어떤 때는 깊은 산중에서 길을 잃고 방황을 하다 지쳐 깨어나기도 한다,

꿈이라 하기엔 자고 일어나도 그 환영이 너무도 생생하여 며칠을 괴롭히니 스스로 생각해도 자신의 몸에 닭살 같은 소름이 돋는다.

'도대체 무슨 일이지, 왜 이렇게 이상한 생각이 들고 정신을 못 차리는 건지 정말 모르겠어!'

'왕복 사십리 등하교 길을 매일 걸어 다니니 내가 많이 피곤해서 그런가 봐!'

잠을 잘 때도 가위에 눌리곤 해서 엄마는 몸이 허해서 그런 거라며 귀하다는 인삼을 몇 뿌리 구해 꿀과 함께 다려주곤 했지만 별로 효험이 없다.

어딘가 알 수 없는 곳을 떠돌아다니는 자신이 그려지기도 하고 마치 조선시대라도 와 있는 듯, 옛날복장을 한 사람들이 배회하는 모습이 영화의 한 장면처럼 그의 뇌리를 스치면서 가끔 머리를 어지럽힌다.

'아무래도 내가 희한한 정신병이 걸렸는가봐!'

어릴 적엔 잘 몰랐던 뭔지 모를 이상한 생각과 예감들이 사춘기에 접어든 현성이에겐 마치 정신분열이 일어난 것이 아닌가 하는 생각이 들었다.

'나는 낮에도 꿈을 꾸는 사람 인가봐! 꼭 꿈을 꾸는 듯 묘한 기분이거든.'

그러나 그건 정신착란도 아니고 망상도 아니고 더구나 꿈을 꾸는 것도 아니다, 마음이 내물(內物)에 접촉되어 일어나는 심리작용으로 밝은 생각과 영혼이 맑고 깊다보니 마치 티베트의 정신적 지주라는 환생한 린포체가 전생을 기억해 내는 것처럼 그도 어느 때인가의 자신의 전생에 대한 기억이 순간, 순간 만화 속 그림처럼 스쳐지나가는 것이다.

그렇게 암울한 소년기를 흘려보내고 어느덧,

현성이 고등학교 졸업반이 되면서부터는 그를 괴롭히던 이상한 기억들이나 망상, 어느 순간부터 사라져 아프던 머리도 정상으로 돌아와 나름 입시공부에 전념할 즘에 광복절을 기념하여 단체로 여행을 가게 되었다.

독립기념관을 거쳐 아우내 장터를 순회하여 오는 코스로 일본 지배의 가슴 아픈 역사를 우리 선조들은 어떻게 싸웠는가를 돌아보는 항일 역사 탐방이었다.

버스를 타고 고개를 넘다가 차를 세우고 커다란 바위에 새겨진 마애불을 감상하는 동안에, 현성은 처음 와 보는 땅의 마애부처님이 다정한 모습이 왠지 어디서 자주 본 듯이 낯이 익다.

'어라 희한한 일이네, 여기를 내가 와 봤었나!'

그리고 보니 고갯마루의 풍광이나 주변의 산세가 눈에 많이 익어 보인다.

단체 여행이라 자세히 느낄 수 없던 현성은 다시 한 번 이곳을 찾겠다는 생각을 하고는 일행을 따라 자리를 뜬다.

그로부터 몇 주가 지난 어느 날,

현성이는 진천을 경유하여 천안을 가는 버스에 몸을 실었다.

병천 인근에서 하차를 하고는 마치 아는 길을 가듯 시멘트로 포장이 된 길을 걸었다,

들판을 지나고 마애불이 있는 고개를 넘어서자 큼지막한 나무판대기에 새겨진 마을 간판이 눈에 들어온다.

덕소 마을,

지명은 낯설지만 왠지 익숙한 풍경이 펼쳐진다.

저기 모퉁이를 돌아가면 큰 나무가 있고 그리곤 언덕과 집이 여러 채 있겠지, 아니나 다를까!

모퉁이를 돌아서니 수백 년은 살았음직한 고목 느티나무가 버티고 있다.

그리곤 마을이 대충 보아도 40가구는 되어 보이는 꽤 큰 마을이

형성이 되어있다.

'한적한 시골마을 치고는 집이 많이 들어섰네!'

고목 아래에서서 물끄러미 머리를 들고 나무를 바라보던 현성인 그리움이 담긴 추억에 젖어 있는 듯 자기도 모르게 한숨을 몰아쉬고 진한 아쉬움이 남아 있는 듯 촉촉해 지는 자신의 눈을 소매자락으로 훔친다.

'뭐지, 내가 왜 눈물을 찔끔거리는 거야!'

그리고 보니 어릴 적에 꿈인 듯, 현실인 듯 자기를 괴롭히던 망상이나 기억들이 새삼스럽게 하나, 둘 떠오른다.

'내가 전생에 이곳에 살았었나, 참말로 희한하네.'

이걸 누구하고 이야길 해볼까, 궁리를 해도 생각나는 사람이 없다.

비록 고3 이지만 마음을 터놓고 이야기를 나눌 수 있는 친구나 또는 또래의 이성친구도 그에겐 없다.

'엄마한테 이야길 해 봐야지, 아냐! 엄마에게 이야기하기보단 내 친구 상룡이 어머니한테 한번 물어보자.'

가까운 친구 상룡이 엄마는 청주는 물론이고 충청도에서 점 잘 치고 굿 잘하기로 소문난 무당이다.

현성이는 병천에서 오는 길에 친구 상룡의 집엘 갔다.

수동 꼭대기에 자리 잡은 친구의 집엘 들어서니 친구는 출타중이고 마침 상룡이 엄마가 그를 맞이한다.

"안녕하세요?"

"현성이 왔구나, 또 춤추러 온 거냐?"

상룡이 집 건넌방에서 야외전축을 틀어놓고 서로 어울려 자주 춤을 추고 놀다보니 오해를 하신 모양이다.

"저 오늘은 아주머니께 여쭈어 볼 말이 있어서 왔어요."

"그래, 나에게 무슨 용무인데? 궁금하구나!"

현성이는 그동안의 일을 이야기했다.

이야기를 다 듣고 난 상룡 엄마는 한동안 무엇인가를 골똘히 생각하더니 이내 조용히 입을 열었다.

"아마도 너는 너의 전생을 기억해 내는 영특한 아이인가 보다, 그런 일은 흔치 않은 일인데 그걸 기억해 내는 걸 보니 일단은 너의 생각이 참으로 맑은 듯 하구나, 그렇게 환상이 보이고 자주 꿈을 꾸는 사람은 전생에 뭔가 이루지 못했거나 혹은 상상할 수 없는 한이나 큰일이 있었으면 그렇게 나타나는 것이거든!"

"네, 무섭게 그게 무슨 말씀이세요?"

"넌 그런 경험이 무서운가 보구나, 아니면 싫은 거냐?"

"별로 좋은 경험은 아닌 듯 합니다, 그런 잡생각이 많으니 공부도 잘 안되고 마음도 많이 불편하고요."

"그렇겠지! 그럼 내가 굿판이라도 열어주련? 굿판으로 해결될 문제는 아닌 듯 하지만."

"아니어요, 궁금해서 그냥 여쭤 봤어요."

"알았다, 그러면 그런 생각 말고 공부나 열심히 하렴, 부지런히 공부해서 좋은 대학가야지."

"네, 노력은 하는데 공부라는 게 그렇게 만만한 것이 아니니 걱정입니다."

"진인사대천명이라고 최선을 다하면 결과는 반드시 좋은 결과가 있을 것이다."

굿판이라는 말에 지레 겁을 먹은 현성은 자신의 어설픈 꿈같은 이야기가 너무 일을 크게 벌인다는 생각에 손사래를 친다.

그날 밤,

꿈인 듯 생시인 듯, 곱게 머리를 땋아 넘기고 하얀 옷을 입은 아가씨가 현성의 가슴을 내리친다.

"아가씨 왜 날 때리고 괴롭히는 겁니까?"

"맞을 짓을 했으면 맞아야지, 너는 맞아도 싸다! 넌 정말 바보 중의 바보로구나."

몇 년 만에 나타나 알 수 없는 이야기만 해 대는 이 여자, 화가 머리까지 치민 현성은 여자고 뭐고 필요 없다며 냅다 뿌리치고 소리를 지르다 벌떡 정신이 들어 주위를 둘러보니 자신의 방이다.

엄마가 걱정을 하면서 흔들어 깨운다.

"얘야, 왜 그래?"

"아! 꿈이었구나."

"얘야 도대체 무슨 꿈인데 이렇게 땀을 흘리며 소리를 지르니?"

"엄마, 내 꿈에 어느 여자가 날 욕하고 때리면서 심하게 나무라내요."

"나무라다니, 뭘 잘못했는데 널 혼낸다니? 꿈은 반대라 하던데 너무 걱정은 말아라."

현성은 그간의 일을 어머니에게 이야길 했다.

조용히 듣던 어머니는,

"어린애가 굿은 무슨 굿이냐, 우리 아들이 너무 착해서 그런 꿈을 꾸는 거야, 네가 기가 약해서 그런 거 같으니 내일 엄마랑 절에가 기도를 좀 하자구나."

"네."

이튿 날 현성은 엄마와 십리 길을 걸어 절엘 갔다.

도착해서는 금당에 모셔진 약사부처님께 지극정성으로 절을 하면서 마음속으로 다시는 악몽 같은 이상한 꿈꾸지 말기를 간절히 기도했다.

지극한 기도가 통했던지 그날 이후 간헐적으로 꿈을 꿀뿐 더 이상의 혼미한 정신상태는 일어나지 않았다.

숙세(宿世)의 기억

   태양 볕이 작열하는 7월의 어느 날,
하얀 세일러복을 입은 여중생 몇이서 '학교 앞에서 성업 중인 맛나 분식집에서 재잘거리며 떡볶이를 먹고 있다.

그중 한 아이가 자기 앞의 여자아이에게 웃으면서 말을 건넨다.

   "호호호 얘 똑순아, 너 옷에 떡볶이물이 빨갛게 묻어서 북두칠성을 그렸구나, 어쩌니?"

   "어머나, 이를 어째!"

   "어쩌긴 뭘 어째 집에 가서 빨아야지."

   "내가 미쳐! 창피해서 집에까지 어떻게 가란 말이야."

평소 예쁘고 공부도 잘하는 똑순이였지만 수더분하고 칠칠맞아서 인지 늘 친구들에게 흉이 잡히고 또 웃음보의 대명사가 되었다.

   "빨간 고추장물은 잘 지워지지도 않는데 이를 어쩌지, 오늘 또 엄마한테 귀가 따갑도록 잔소리 듣고 혼나겠네, 정말 짜증나!"

   "어쩌긴 표백제에 밤새 담가놔야지."

다음 날,

수업을 마치고 종례시간에 선생님이 빅뉴스를 말씀하신다.

"얘들아, 다음주에는 1박 2일로 유관순 언니의 발자취를 따라서 원족(遠足)여행을 떠난다, 걷기가 불편하거나 몸이 아픈 사람은 미리 말을 해 주길 바란다."

항구도시 인천에서 천안 부근 만세를 부르던 아우내 장터 까지는 버스로 이동을 하고 그 부근을 걸어서 움직인다고 하니 모두들 들떠서 빨리 그날이 오기만을 기다린다.

내륙에 위치한 천안은 예로부터 우리나라 호두나무의 시배지이며 호두과자가 유명하고 사람들도 흥이 많아서 천안삼거리 등 많은 민요가 탄생하였고 흥타령에 어깨춤이 들썩이는 멋진 도시이다.

고려 태조가 천안의 왕자봉에 올라 지세를 살피던 중에 술사(術士)가 이곳에 성을 쌓으면 천하가 평안하다 하여 그때부터 천안(天安)이라 하였다 한다.

또 임금이 자주 나들이를 하여 임금을 상징하는 용(龍)자가 들어간 지명이 이십 여 곳이나 되는 곳이다.

천안 삼거리하면 전국의 어느 곳에서도 다 아는 고장이요, 문물의 중심지로 지명도가 있고 명산과 대찰이 많은 고장이다.

어떤 애들은 천안엘 가서 펜팔 할 남자를 찾겠다며 주소를 백장이나 써서 뿌릴 태세이고 어떤 애들은 총각선생님을 놀려 먹자며 계획을 짠다.

똑순이는 선생님 말을 듣고 부터 뭔가 모르게 흥미가 느껴지고 꼭 가야 할 이유가 있는 것처럼 구석구석 둘러보겠다는 다짐을 한다.

마치 누군가의 계시가 있는 것처럼 그렇게 기다리고 기다리던 원족여행 날 전날 까지 멀쩡하던 하늘이 갑자기 심술을 부린다. 가랑비인지 안개비인지 모를 척척한 빗물이 대지를 적셔 을씨년스런 기운이 깔린 도로를 길게 기차처럼 꼬리를 문 버스의 대열이 천안을 향해서 떠난다.

모두 들떠서 떠드는 소리가 마치 참새 30여 마리가 재잘대듯 버스 안은 시끄럽고 잠시 뒤 마이크를 잡은 선생님이 똑순이를 지명하여 노래를 시킨다.

"나똑순."

"넵."

"똑순이는 장차 가수가 꿈이라지? 오늘 급우들 앞에서 너부터 멋지게 한 곡 뽑아 봐."

그러나 똑순이는 뺀다.

"선생님 제 노래는 비싼데요."

반 친구들이 박장대소를 하면서 난리다.

"그래, 네 노래 비싼 줄 세상이 다 아니까 얼른 나와서 비싼 노래 좀 불러 봐라."

마지 못해 끌려가듯 일어서서 중앙에 서고 마이크를 잡는다.

"흠흠~~~에에 마이크 테스트 ~ ~ 마이크 좋고 . . . .

자! 비싼노래 흘러갑니다, 모두 귀를 크게 열어주세요."

'사랑이 무어냐 고 오~ 물으신다아 며어 어어언~~ 눈물의 씨앗이라고 말을 하겠어요~ 오오오오~.'

여기 저기서 배꼽이 떨어진다. 난리다.

중학생이 무슨 사랑타령이고, 또 눈물의 씨앗 운운하며 뽑아댄단 말인가,

그러나 우리의 똑순이 전혀 개의치 않고 잘도 뽑아댄다.

"서로가 헤어지이면 모두가 괴로워서 울 테에 니~~~까아아아요~~~아 싸!"

모두가 웃고 떠들고 난리다.

마이크를 잡은 똑순이 이번엔 다른 사람을 지명한다.

"우리 반 오락반장 명 카수 임보라양을 모시겠습니다."

마이크를 넘긴 똑순이는 자리에 와서 창밖 풍경을 응시한다.

노래를 해서가 아니라 오랜만의 나들이 원족여행은 뭔지 모를 들뜬 분위기는 하늘을 날 것만 같다.

출발한지 세 시간이 지나 버스는 독립기념관 부근 주차장에 자리를 하고 일행은 근처 솔밭에서 도시락으로 허기를 채우고 한자리에 집결을 하여 원족(遠足=먼 거리를 걷는 소풍)을 떠난다.

모두 다 단정한 운동화를 신고 모처럼 교복을 벗고 야유회 복장 차림으로 멋을 냈다.

똑순이도 콧노래를 흥얼거리면서 대열의 선두에서 리드를 한다.

어린 학생들이 초행길의 소풍으로 지칠 법도 하지만 웃고 떠들고 노래하다 보니 힘이 든 줄도 모르고 잘들 걷는다.

얼마나 걸었을까, 작고 아담한 초등학교가 있다.

"애들아 이 학교가 유관순 언니가 다니던 학교란다, 지금은 폐교가 되어 지역의 아동복지 기관으로 쓰이고 있지만 독립운동의 정기가 서린 곳이란다."

자기네 학교와 별반 다름이 없지만 모두들 호기심 어린 눈으로 이곳 저곳을 살펴본다.

일행은 그곳에서 공중수도물로 목을 적시곤 쉴 틈도 없이 강행군이다.

3.1만세 운동의 유적지를 돌고 돌다보니 꿈에 선가 본 듯한 마을이 눈에 들어온다.

'여기가 어디지, 처음 오는 곳인데 왠지 와 본 듯하네.'

똑순은 고개를 갸우뚱 거린다.

마을이며 수백 년은 묵은 느티나무 등등 모두가 낯이 익었다. 동네 한가운데에 두레박으로 물을 들어 올리는 우물이 있다.

그 우물을 우두커니 바라보는데 마침 동네 아주머니 한분이 두레박으로 물을 퍼 올린다.

"아줌마 이 우물이 아주 오래 되었나 봐요?"

"그럼 몇 백 년은 되었지, 어른들이 말하길 오백년 동안 한 번도 물이 마른 적 없는 맑은 샘물이라고 하더라고."

"아! 그럼, 이 동네도 무척 오래 되었겠네요?"

"시골마을 어디나 그렇겠지만 여기도 천년은 넘었을 걸."

그랬다, 마을엔 몇 백 년은 되어 보이는 고택도 있었고 언뜻 보기에도 이름 있는 명승지의 민속마을을 온 듯 그런 느낌이 들었다.

일행과 떨어진 것을 느낀 똑순이는 아줌마에게 인사를 하고는 그 자리를 떴다.

'뭘까, 왜 내가 이 동네에 와 보았던 느낌이 들지, 혹시 어릴 때 엄마가 나를 데리고 왔었나! 집에 가면 물어 봐야겠네.'

똑순은 1박 2일의 역사탐방 수학여행을 마치고 버스를 타고 집에 돌아오는 내내 기분이 묘했다.

말로는 표현 할 수 없는 진한 향수 같은 느낌과 그리움과 슬픔이 교차하는 야릇한 기분이 겹쳐진다.

"엄마, 우리 친척 중에 천안 부근에 사는 사람 있어?"

"아니, 그 근처는 물론이고 충청도에도 없을 걸."

"그럼 나 어릴 때 그곳에 여행 간적은?"

"얘가 뭔 소리를 하는 것이야, 아빠가 여행을 즐기는 사람도 아닌데 우리가 거길 왜 가니?"

"그런데 꼭 많이 가봤던 곳이란 생각이 들어서."

"그런 쓸데없는 생각할 시간이 있으면 책이라도 한 장 더 봐라."

"알았어."

누구나 처음 가보는 지역이 익숙하고 친근하게 다가 올 때가 있다.

그냥 그런 곳인가 하다가도 불현 듯 떠오르는 그 마을, 이것이 학창 시절의 미스터리로 똑순이의 마음속 깊이 새겨져서 마치 풀어나가야 하는 숙제처럼, 화두처럼 가슴에 남는다.

인연의 끈

20년 후,

이류소설의 작가로 성장한 현성.

사무실 자신의 책상에서 낡은 일기장을 뒤적이며 고3때의 추억을 더듬다가 문득 자신을 어지럽게 만들던 이야기를 적어 놓은 글귀가 눈에 들어온다.

'아! 그 때 정말 힘들었는데 왜 이제야 생각이 나지! 이 이야기를 소재로 글을 써보는 것도 괜찮을 것 같은데.'

작품 구상을 위해 전국을 이 잡듯 뒤지고 다니는 그가 이번엔 천안 병천, 그것도 어린 시절 자신을 괴롭히던 그곳을 여행지로 잡고 지금도 그때의 그 느낌이 그대로 되새겨 지는지 새삼 확인해 보고 싶었다.

 '아! 내가 한동안 잊고 있던 일이 있었지, 거기나 한번 들려 볼까, 아마 많이 변했을 거야, 어쩌면 독자들에게 사랑받는 작품의 소재가 될지 알아!'

그는 자신의 승용차가 있었지만 굳이 여행의 즐거움과 작품의 구상을 위해 버스와 기차를 타기로 했다. 자가용 승용차를 타고 어딘가를 다녀오는 것 보단 여행에는 나 홀로 버스를 타고 차창 밖의 풍경을 바라보면서 스케치 하듯 머리에 저장을 하거나 간단히 메모를 해놓고 그것에 양념을 더하여 글로 써 내려가면 독자들도 흥미롭게 읽어 줄 것이고 자신도 창작활동이 한결 수월해 진다.

간편한 등산용 가방을 짊어지고 손에는 카메라를 들고 낡은 카키색 점퍼에 진 바지와 낡은 군화로 히피처럼 치장을 하니 영락없이 누가 보면 미국의 히피족이나 유럽의 떠돌이 집시가 아니면 수복되지 못한 북쪽의 간첩소리를 들을 수 있는 차림새이다.

산의 능선을 따라서 우회하는 고개를 넘어가니 이상한 사람이라도 본 듯 오가는 사람들이 자신에게 눈총을 주며 힐끔 거리지만 현성인 아랑곳 하지 않고 걷는다.

그렇게 시멘트로 포장된길을 얼마나 걸었을까.

드디어 마을의 간판이 눈에 들어온다.

「덕소 마을」 예전에 보았던 나무 이정표가 아닌 고인돌을 세로로 세워놓은 듯 멋진 바위에 새겨놓은 글씨가 마치 마을의 수호신처럼 버티고 있는 모습이 든든해 보인다.

모퉁이를 돌아서니 마치 천상세계 라도 온 듯 동네가 꽃길로 단장되어 휜하다.

'이 마을은 꽃으로 한몫 보려는지 온 동네를 멋들어지게 꽃으로 장식을 해 놓았네.'

마치 꿈속의 고향에 온 듯 온 동네가 울긋불긋 채색이 되어 있다. 현성은 학창시절의 느낌을 떠올리며 카메라 셔터를 눌러댄다. 동리 한 가운데엔 낡은 함석을 지붕으로 겹대서 만든 우물이 아직도 있다. 그래 저곳! 저 느티나무, 현성은 느티나무를 향해서 간다.

예전과는 다르게 콘크리트로 바닥을 깔아 공터를 만들고 벤치도 놓여있다.

현성은 의자에 앉아 잠시 숨을 고르고 있을 때, 저만치에서 감색 정장차림의 숙녀가 패션쇼라도 하는 듯 조심스레 한걸음 두 걸음 스텝을 밟으며 걸어온다.

'이런 시골에 영화배우라도 있나.'

다가오기를 기다린 현성이 먼저 말을 건넨다.

"안녕하세요, 이 마을 분이세요?"

"아닙니다."

"그럼 이 외진 마을엔 무슨 일로 오셨나요?"

"왜요, 제가 오면 안 되는 곳인가요?"

기분이 나쁜지 아니면 치한쯤으로 생각했는지 신경질적으로 대꾸를 한다.

괜히 어색해진 현성은 묻지도 않은 말을 지껄인다.

"저는요, 20년 전 고등학교 다닐 때 와보고 두 번째인데, 꼭 전생에 내가 살았던 듯, 그런 느낌이 들어서 이렇게 또 왔답니다."

그 말에 느낌이 통했는지 현성의 말에 시큰둥했던 그녀가 반응을 보인다.

"정말요? 저도 그런 느낌 때문에 두 번째 찾아 왔습니다."

"그러세요! 우리는 뭔가 많이 비슷한 듯합니다, 아주머니는 어디에 사는지요?"

"아주머니라니요, 이렇게 젊은 아주머니 본 적 있으세요?"

"아고, 실례했습니다, 그럼 뭐라고 불러야 할지요?"

"저는 이곳에서 멀지 않은 대전에 사는 나똑순입니다."

"푸하하하핫, 저랑 지금 말장난 하십니까?"

"말장난이라니요, 무슨 실례되는 말씀이세요?"

"이름이 똑순이라고요?"

"왜요, 이름이 어때서 초면에 제 이름가지고 시비를 거시는 거예요?"

"아뇨, 죄송합니다, 외모와 안 어울리는 이름이라, 저는 서울에서 살고 있는 우현성이라고 합니다."

현성은 명함을 꺼내 그녀에게 내민다.

"아~! 소설을 쓰시는 작가시군요, 혹시 제가 알만한 책을 소개해 주시겠어요."

"글쎄요, 많이는 안 썼지만 저 혼자 베스트셀러라고 하는 책이 몇 권 있지요."

"무슨 책인데요?"

"소개하기가 좀 부끄럽기도 하고, 장르를 가리지 않고 쓰다 보니 동화도 있고 외설적인 소설도 있고, '나비야 청산가자', '물레방앗간', '보리밭 연가', '옹기장수 아저씨' 등등 있습니다만 들어 보셨나요?"

"글쎄요, 아직은 못 봤지만 그러나 기억했다가 서점 갈 기회가 있으면 꼭 사서 보겠습니다, 그런데 제목들이 다 외설적인 듯합니다."

"독자들의 흥미를 끌어보려고 그렇게 했지요, 똑순씨 네임카드 있으면 한 장 주시렵니까?"

"네임카드라니요, 그게 뭔데요?"

"아! 죄송합니다, 명함 말입니다."

"작가시라 그런지 질문도 사람을 점점 헷갈리게 하시네요, 저는 네임카드 그런 거 없습니다, 그냥 평범한 주부인걸요."

"그래요? 언뜻 뵈기엔 아직 미혼 같으신데 아니 군요,"

"아니 조금 전엔 아주머니라더니 이제는 미혼인줄 알았다고요? 참 말씀을 이랬다, 저랬다 편하게도 하시네요. 제가 원래 동안이라 모두들 나이를 어리게 봐요, 그런데 간혹 작가님 같이 두 눈이 안 좋은 사람들이 아주머니라고 실수를 하는 사람도 있어요, 나이를 이야기하면 깜짝 놀라는 걸요."

"올해 춘추가 몇이신데요?"

"또 문자 쓰시네, 그냥 나이가 몇 살이냐고 물으세요, 저는 해 놓은 것도 없이 서른 다섯이나 먹었답니다."

"네, 전 이젠 마흔 하고도 하나입니다, 연락처 주시면 가끔 안부전화 드리겠습니다."

현성은 가방에서 메모지와 펜을 꺼내서 건넨다.

말없이 받아든 그녀는 잠시 망설이다 이내 써서 내민다.

0 1 * - 4 8 4 - 8 4 8 2 나똑순.

"다시 말하지만 이름이 정말 독특합니다, 그런데 전화번호도 조금 헷갈리네요, 눈은 멀쩡한데 사팔이라니요."

"뭘요 아빠가 똑 소리 나게 커서 똑 소리 나는 일꾼이 되라고 똑순이라 했는데 그러질 못합니다, 저는 이름 때문에 누구에게 부끄러웠던 적은 한 번도 없습니다, 전화번호도 제 눈만 멀쩡하면 괜찮은 거 아닌가요, 사실 사람들이 외우기 쉬우라고 일부러 찾은 겁니다."

서로의 대화가 누가 들으면 꼭 싸우는 줄 알 정도로 티격태격 시비조이다. 어찌 되었든 둘은 초면에 초면이 아닌 듯 이런 저런 세상사는 이야기를 나누며 기분 좋은 시간을 보내고 있다.

현성은 자신의 생각을 그대로 이야기 했다.

"참 이상도 하지요, 저는 나똑순씨를 처음 보는데 왠지 낯설지가 않습니다! 제가 뭐 처음 보는 분한테 속된 표현으로 작업하려는 건 아닙니다."

"고맙습니다. 전 사실 이 동네가 너무 와보고 싶고 언제쯤인가 살았던 기억이 있는 마을입니다."

"그건 저도 그렇습니다. 마치 우리가 전생탐험을 하는 것 같네요."

"전생탐험이라니요?"

"아! 네, 요즘은 심령사나 정신과 의사들이 최면을 걸어 전생을 기억해 내고 그 기억을 치료의 수단으로 쓴다지요. 그리고 업식(業識; karmic consciousness)이 맑은 사람은 전생을 기억 한다는군요, 어쩌면 우리 둘도 전생의 무슨 인연으로 인하여 이렇게 만나는 건지도 모르고요."

"작가시니까 상상력도 매우 뛰어 나신 듯합니다, 저는 그런 것을 믿지는 않지만 옛날 이곳에 원족여행을 왔을 때 와 봤던 곳 같다는 느낌에 엄마에게 물어봤던 기억이 있어요."

"작가의 상상력? 글쎄요, 그래서 그런 건 아닙니다만, 마음대로 생각하세요."

"그럼 혹시 심령사 아시는 분 있으세요, 한번 시험해 보는 것 도 괜찮다는 생각이 드는군요."

"심령사요? 무속인은 알지만 그쪽은 아직, 그러나 알아보면 아마도 알만한 사람이 있을 겁니다. 제가 아는 작가의 친구 중에 김바우라는 정신과 의사가 있는데 그 친구가 전생요법인가, 퇴행요법(退行療法)인가 하는 그 부분에 책을 쓴 걸로 알고 있어요."

"퇴행요법이라니요?"

"그러니까 정신적으로 병이 깊은 사람에게 최면요법으로 치료를 하는 것인데 과거로 돌아가서 그 근원을 찾아서 치유를 하는 것이지요, 효과가 큰 가 봅니다."

"아하! 그럴 수도 있겠네요, 그 분 언제 저 좀 소개해 주실 수 있나요?"

"만날 수 있도록 주선해 볼게요, 그런데 시장하지 않으세요? 여기 온 김에 장터에 가서 대한민국 최고라는 아우내 순댓국으로 뱃속의 허기를 달래 주는 것도 괜찮지 않을까요?"

둘은 처음 마주한 사이면서도 이미 오래 사귄 듯 격의 없이 대화를 나누며 장터를 향해서 자리를 옮겼다.

"아주머니 순댓국 두 그릇에 소주도 한 병 주세요."

"다 같은 순댓국인데도 이 동네 음식이 유별나게 맛이 뛰어납니다."

"원래 이곳 순댓국이 우리나라 원조라고 합니다. 옛날 아우내 장터에서 대충 말아주는 그 맛이 발전하여 우리나라 최고라는 이름으로 많이들 찾습니다."

순댓국과 소주 한 잔으로 허기를 면한 두 사람은 아쉬운 마음으로 후일을 기약하면서 서로 헤어진다.

처음 만난 사이였지만 헤어진다는 아쉬움에서 인지 차부에서 각자 다른 버스에 오르면서 몇 번씩을 뒤돌아보고 차창을 열어서 손을 흔드는 여유를 보이며 후일을 기약하였다.

퇴행요법

  그로부터 10여 일이 지난 어느 날,

두 사람은 서울 강남터미널 부근의 한 찻집에서 자연스럽게 조우를 하였다.

나똑순과 만남 후 서울로 올라온 현성은 그날의 궁금증을 해결해 보고픈 마음에 친구의 소개로 김바우 의사를 알게 되었고, 자신보다는 똑순씨를 상대로 전생 퇴행요법을 시술해 보고 싶었다.

자신의 과거가 벗들에게 까발려 진다는 것이 왠지 싫었고 또 무엇인지는 모르지만 과거에 대한 두려움이 엄습해 오는 예감을 느꼈기에 자신은 그 결과를 보면서 다음에 하기로 한 것이다.

  "제가 먼저 이야기를 해 봤는데, 그 사람 아주 대단하더군요."

  "어머 그래요? 왠지 좀 두렵네요!"

  "하여튼 말이 나온 거니 너무 기대는 하지 말고 재미삼아 한번 시술을 해 보세요."

두 사람은 찻집을 나와 사당동에 있는 의원으로 택시를 타고 이동을 하였다.

잠시 후 사당 역 부근 최고백화점 인근의 빌딩 3층에 있는 김 박사의 진료실을 찾았고 상담은 시작 되었다.

"먼 길 오시느라 수고하셨습니다, 지난번 천안부근 어느 마을 방문 때 있었던 이야기를 대충은 들었습니다만 그때의 느낌이나 감정 같은 것을 자세하게 말씀해 주시면 도움이 될 듯합니다."

"네 제가 중학교 때 원족여행으로 처음 보는 어느 곳엘 갔는데 모든 게 낯설지 않고 어느 때인가 살았던 느낌이 드는 곳이었습니다."

똑순이는 그간의 이야기를 비교적 소상하게 이야길 해 주었다. 이야길 다 들은 김 박사는 최면실로 함께 가자했고 등받이가 상하로 움직이는 편한 의자에 앉기를 권했다.

김 박사는 너무 두려워하거나, 또는 너무 기대하지 말 것을 주문하며 버튼을 눌러 서서히 그녀를 눕히면서 최면을 시도한다. 음악이 흐른다, 선율이 아름답고 몽환적인 뭔가 우주의 신비 같은 것을 느끼게 하여준다. 그녀는 음악에 취해 서서히 자신이 녹아드는 듯 오묘한 기운을 감지한다.

'아! 너무 아름다워.'

"자! 지금부터 최면에 듭니다, 내 눈을 바라 보십시오, 나똑순씨 당신은 점점 졸음이 오고 있습니다. 졸리시지요? 그러면 기분을 푸욱 수그려 보십시오, 아주 기분이 좋아지지요, 그럼 여행을 떠나 볼까요. 하나, 둘, 셋, 기분이 어떠십니까?"

"편안합니다."

"지금 눈에 무엇이 보이나요?"

갑자기 그녀가 일본말로 대답을 한다.

"水中だって分からない. 물속이라 모르겠어요."

"당신은 일본 사람입니까? あなたは日本人ですか?"

"日本人 春子です. 일본인 하루코입니다."

"다시 과거로 돌아갑니다. 過去にってきます 하나 둘 셋."

"누군가 슬픈 얼굴의 여자가 아이를 안고 울고 있네요, 남편을 잃었나 봐요. 誰かが悲しい顔の女性が子供を抱きしめて泣いている たぶん彼は夫を失ったかもしれない ."

"그럼 다시 아득한 과거를 한번 가 볼까요? だから、私たちは 過去をもう一度試してみるべきですか? 하나 둘 셋."

충청도의 억양이 입에서 터져 나온다.

"장죽을 든 아부지가 저를 바라보고 계세유."

"복장이 어떻습니까?"

"나는 옷이 하얀색에 검은 치마를 입었는데 조금은 남루합니다. 아버지는 상투를 틀었어유."

"네, 혹시 시대를 알 수 있는 뭔가 보이나요?"

"모르겠어요, 마치 텔레비전 고전 사극 속의 마을처럼 보이기도 하고, 나무통 물지게를 지고서 물을 길어오는 남자가 있어, 아~!!"

"그 남자는 누굽니까?"

"용팔이요, 용팔이가 나를 보고 웃고 있네요, 아! 용팔이 용파 아리~."

"자 조금 앞으로 나가 보겠습니다. 하나, 둘, 셋. 지금은 어디입니까?"

"흑흑흑 . . . 너무 슬퍼요."

갑자기 최면 상태의 똑순이 울기 시작하고 몸을 심하게 떨며, 경련을 일으킨다.

김 박사는 즉시 이마를 때려 최면을 중지시켰다.

몸을 부르르 떨던 똑순은 거친 숨을 몰아쉬며 제 정신으로 돌아온다.

얼굴에 식은땀이 이마에 맺혀있다.

"무슨 일이 있었나요?"

그녀가 오히려 김 박사에게 묻는다.

"기억이 안 납니까? 지금 최면상태에서 심한 충격을 받은 모양입니다."

"그러고 보니 누가 나무에 목을 매고 죽은 것이 생각이 납니다."

"누구였나요?"

"잘 모르겠어요."

"조금 이따 다시 시도를 하겠습니다."

쉬는 틈에 현성은 조심스럽게 물어본다.

"뭐 생각나는 게 있어요?"

"너무 무서워요, 이따 김 박사님께 물어 보세요."

차 한 잔 마실 시간이 지난 즈음에 똑순은 다시 최면 요법을 시행한다.

"자 호흡을 길게 하시고 마음속으로 숫자를 셉니다, 나똑순씨 이제 들어갑니다, 하나, 둘, 셋, 당신의 이름은 무엇입니까?"

"저는 각순이고요. 나이는 스물 두 살입니다, 몹시 슬픕니다."

"왜 슬픈가요?"

"내가 사랑하던 사람이 죽었습니다, 그런데 알고 보니 그 사람은 나의 오빠였답니다."

"그 오빠와 또 누가 보이나요?"

"네, 아버지와 어머니 동네사람, 그리고 음전이 아줌마가 많이 울고 있어요."

"음전아줌마는 가까운 사람인가요?"

"모르겠어요, 그렇지만 제일 슬피 울고 있습니다."

태어남은 죽음으로 인하여 생긴다고 하는데 그것이 재 생산되는 것이 윤회라면 이 숙녀분의 전생이 적어도 두 번은 증명이 된 셈이다.

인연이라는 것은 어쩌면 필연이 되어 수백 년을 이어서 내려 올 수도 있고, 또 수천 년을 이어 갈 수도 있는 것이 아닐까.

닥터는 그녀가 더 마음에 병이 생기거나 응어리가 지기 전에 그만 해야 되겠다는 생각을 하고 멈추기로 했다.

"오빠가 자책감에 나무에 목을 매었답니다, 흑흑흑 오빠."

"알겠습니다. 자 그럼 최면에서 깨어납니다, 당신은 최면상태에서 말한 모든 것들을 잊을 수 있습니다, 하나, 둘, 셋."

최면은 끝났다.

김 박사는 참으로 묘한 생각이 들었다.

이걸 어떻게 설명을 하나, 현대 과학으로는 풀 수가 없는 최면의 세계, 전생이란 인연의 끈으로 이렇게 후생과 이어져 오는 자연의 섭리랄까, 또는 우주의 법칙을 어떻게 설명을 해야 할까.

김 박사는 현성에겐 이일을 비밀로 하기로 했다.

"나똑순 씨."

"네."

"최면 상태의 일을 기억하시겠습니까?"

"네 약간요, 그런데 밖에 계신 작가아저씨가 제 전생에 저와 인연이, 그것도 아주 깊은 인연이 있는 듯 합니다."

"그걸 어떻게 확신에 찬 듯 생각을 하는 것이지요?"

"그건 순전히 제 느낌이 그렇다는 겁니다! 용팔이라는 사람이 혹시 저분이 아닐까 하는 그런 느낌, 아니 예감이라고 해야 하나 어쨌든 그런 생각이 들어요."

"원래 인연은 고리는 세상사람, 과거인류모두가 이어져 있다고 합니다, 가령 아프리카 어느 촌락의 사람과 우리가 연결고리를 미로를 찾아 풀어 나가듯 가다 보면 서로 연결이 되는 것이지요, 그걸 불교에서는 제석천의 인드라 그물망에 모두가 걸려 있다고 합니다. 나똑순 씨 경우는 조금은 색다른 것이 전생의 기억을 많이 했다는 겁니다. 누구나 전생은 있겠지만 기억을 하기는 쉽지가 않지요."

"너무 어려워요, 제석천은 뭐고 인드라는 또 뭐래요?"

"저도 그 정도만 알고 있습니다."

"그런데 밖에 계신 분에게 이걸 이야기해야 하나요?"

"글쎄요, 전 뭐라 말하기가 좀 그러네요, 특별히 대단한 비밀은 아니지만 만약에 두 사람이 전생인연으로 깊게 연결이 되어 있다면 상황이 달라지지요, 똑순 씨가 기억해서 최면상태에서 말한 것들을 제가 들은 대로 이야기를 해 줄 것이니 본인이 알아서 결정하세요."

김 박사는 똑순이의 최면상태에서 나온 이야기를 그대로 해 주었다.

"초반에 일본말을 하면서 물만 보인다는 이야기와 어느 여인이 아이를 안고 우는 장면이 좀 뜻밖이긴 합니다. 수면 상태에서 아마도 최소한 두 번의 생을 겹쳐서 기억해 냈거나 아니면 가정사가 그만큼 복잡했던가, 하는 생각이 듭니다만 이건 어디까지나 저의 추측이니까 깊게 생각하지 마세요."

똑순이는 반신반의 하면서도 밖에 있는 현성씨가 조금은 두렵게 느껴져서 김 박사에게 비밀로 해 줄 것을 당부했다.

비밀의 문에 들어서다

병원을 나선 후,
저녁을 하기엔 조금 이른 시간,
똑순은 현성에게 오늘 일에 대해선 함구를 하고 통상적인 이야길 했다.
"오늘 일은 고마웠습니다. 시간이 애매하니 다음에 만나서 대접도 하고 좋은 시간도 같도록 하겠습니다."
"이렇게 헤어진다니 웬지 좀 허전하고 섭섭합니다."
"특별히 할 일도 없고, 식사를 대접 하자니 좀 이르기도 하고요."
"그럼 제 사무실로 가셔서 차나 한잔 하시렵니까?"
"시간이 좀 애매합니다."
"이곳에서 그리 멀지 않아요. 저기 사당고개 넘으면 바로 인걸요."
청을 거절하는 것도 예의가 아니다 싶어 똑순은 현성의 차를 타고 그의 사무실을 방문한다.
삐걱거리는 2층 계단을 올라서니 작고 낡은 간판이 하나 걸려 있다.
「쇠북소리」
철제 중문을 열고 들어서니 족히 육순은 되어 보이는 여자가 뿔테 안경 너머로 눈을 치켜뜨고는 바라본다.

"최 여사님 여기 차 좀 부탁드립니다."

"저분은 누구신가요?"

"네 제 원고도 정리해 주시고 쇠북소리 살림을 맡아서 하시는 분입니다."

"연세가 많이 드셔서 저는 혹시 작가님 어머니신가 했네요."

"하하하. 저의 어머닌 충청도 산골에서 칠순의 나이에 지금도 부농의 꿈을 꾸시며 열심히 농업에 종사하며 일하고 계십니다."

잠시 후 후각을 유혹하는 향기 좋은 차를 들고 온 최 여사는 점잖게 묻는다.

"이 숙녀분이 전에 말하던 그분인가요?"

"네 그렇습니다. 똑순씨 이야길 제가 좀 했습니다, 인사 올리세요."

"네 나똑순 입니다, 여사님 잘 부탁드립니다."

"뭘요, 차 맛이 어떤가요?"

"네, 향이 일품이고 맛도 아주 좋은데요, 잘 마시겠습니다."

그리곤 자신의 책상으로 돌아가 하던 일을 계속한다.

똑순은 차 한 잔을 마시면서 잠시 주위를 둘러본다.

원고지와 책으로 장식된 벽면들이 다소 질서가 없다.

"얼굴은 영준하게 생기셨는데 사무실 분위기는 뭐랄까 너저분하고 질서가 없어 보여요."

"그렇죠!"

긍정인지 부정인지 모를 말로 표현하는 저 모습이 작가의 모습인가.

똑순은 작가의 세계를 알지는 못하지만 자신의 꿈을 이루기 위해선 이런 모습도 좋구나 하는 생각을 하게 된다.

"똑순씨는 지금 무슨 일을 하시는 지요?"

"네 저는 애 아빠하는 일을 뒤에서 도와주고 있습니다, 늘 바쁘게 사는데 오늘은 지난번 일이 너무 궁금해서,"

"사실 저도 엄청나게 궁금한데 입을 열지 않으시니."

"정말 궁금하세요?"

"그럼요, 난 지난번 아우내 부근에서 봤을 때 우리 둘이 꼭 뭔가 사연이 있을 것만 같았거든요."

똑순은 망설인다. 그러나 장소도 그렇고 타인이 듣고 있으니 뭐라 이야길 할 입장이 못 된다.

"후일 뵙게 되면 제가 말씀을 드릴게요."

"네, 더는 묻지 않겠습니다, 그러나 난 똑순씨를 처음 본 순간 저 사람은 자석이구나 라고 생각을 했지요."

"자석이라니요?"

"아마도 사람을 끌어당기는 대단한 힘, 그 무엇인가가 있나 봅니다. 내 마음도 당신에게로 찰싹 붙어 버렸으니 자석이 아니고 뭐겠습니까!"

"설마요."

"그거는 애정표현도 아니고, 이성에 대한 호기심도 아닙니다. 뭔가 알 수 없는 힘이 그렇게 만든 거지요."

"제가 그렇다니 좋은 건지 나쁜 건지 헷갈리네요, 여행 좋아하시나요?"

"늘 갈망하는 게 여행이지만 시간이 허락하질 않네요."

"시간이 되시면 제가 계룡산, 대둔산 등 명산이 있는 대전으로 한번 초대를 할게요."

"네, 사모님 하고 오시면 더욱 좋고요."

"우리 사모님, 제가 이야긴 한번 해 보겠지만 아마 기대는 하지 마세요, 저랑 다니는 걸 별로 좋아하질 않습니다, 이상하리만치 둘이 차를 타고 여행을 하다보면 매양 싸우기나 하고, 또 늘 저보고 땅거지라고 놀립니다."

"땅거지라뇨? 이렇게 멋진 분한테."

"아뇨, 제가 봐도 땅거지가 맞습니다, 옷을 땅거지처럼 입고, 하는 행동도 그렇고요."

이야기를 하다 보니 저녁 시간이 되고 현성은 똑순을 데리고 근처의 식당으로 가서 좀처럼 맛보기 힘든 꼬리곰탕으로 대접을 한다.

서울의 유명한 맛 집이라서 그런지 몰라도 언제나 때를 가리지 않고 만석을 이룬다.

쫓기 듯 식사를 마친 후, 걱정을 하는 똑순이를 현성은 자신의 낡은 지프차로 터미널까지 배웅을 하고 빠른 시일 내 한번 놀러 갈 것을 약속을 하고는 두 사람은 헤어졌다.

똑순을 보낸 현성은 김 박사를 찾았다.

친구에 친구이지만 친구가 되기로 하여 서로 대화를 하는 데는 거리감이 없다.

"김 박사 아까 나똑순씨 말 일세, 내게 말 못할 사연이라도 있는 건가?"

"글쎄 그 일이 궁금한가?"

"궁금하지! 그리고 그 사람도 내게 이야길 안 하더군, 후일 마음 내키면 알려 준다는 말은 했지만 말일세."

"그럼 그때 들어보게, 어찌 되던 그분은 내 환자고 난 환자와의 약속을 지켜야 하니 말일세."

"그것 참! 김 박사가 그렇게 말하니 무슨 큰 비밀이라도 있는 듯 더더욱 궁금하네 그려."

"친구가 궁금해 할 내용들도 많이 섞여있지!"

"알았네! 내가 직접 물어보겠네."

"하지만 그녀가 기억하는 것은 어렴풋이 일부분이라네."

"그럼 김 박사에게 간절하게 부탁을 해야겠군."

허탕을 치고만 현성은 당장 내일이라도 대전을 향해 달려가고 싶었지만 그 마저도 여의치 못한 사정으로 며칠 뒤로 일정을 미룬다.

대전으로 돌아오는 고속버스 안에서 똑순은 최면요법으로 밝혀진 자신의 과거를 기억하며 생각을 해 보았다.

'인연이 참으로 묘하구나, 만약에 작가님이 용팔인가 하는 사람이라면 도대체 수백년이 지나는 동안 어디 갔다가 이렇게 나타나 사람을 혼란스럽게 하는가.'

'그 사람 현성, 비록 두 번 보았을 뿐인데 점점 더 향하는 마음은 무얼까. 혹시 다 말라 버린 내 연애세포가 다시 재생이 되었나, 왜 이리 설레고 가슴이 뛰는지 모르겠네, 내가 이래도 되는 건가, 별별 생각이 다 들고 도대체 정리가 안 된다. 35년을 살아오면서 이런 일은 없었는데, 왜 이렇게 가슴이 요동치고 자꾸만 그 사람 생각이 나는 걸까.'

차창 밖 풍경을 보고 있노라니 그 사람의 얼굴이 창에 그려지고 웃으면서 자신을 바라본다.

'이런 나쁜 아저씨가 있나! 훔칠 것이 없어서 내 마음을 훔치는

거야, 그래 만약에 다시 만나더라도 절대로 내 마음을 들키지도
말고 주지도 말자.'
이렇게 다짐 다짐을 하면서 소녀의 마음으로 층층나무 하얀 꽃
이 밤길을 밝혀주는 호젓한 길을 지나서 집으로 간다.

이루어 질수 없는 사랑

　뿌우웅, 뿌우웅~~.
목포행 완행열차가 기적소리를 우렁차게 내 뱉으며 대전 역에
정차를 한다.
한 사내가 터벅터벅 대전역 플랫폼을 걷는다.
약간은 헝클어진 머리에 가죽재킷을 입고 어기적거리며 걷는 폼
이 영락없는 영화 에덴의 동쪽의 세상고민을 다 짊어지고 걸어
가는 '제임스 딘'처럼 보인다.
사내는 휴대전화가 있건만 웬일인지 대합실의 공중전화 부스에
서 주머니 속 동전을 몇 개 집어 넣고는 전화를 돌린다.
01*~484-8482
뜨르르릉, 뜨르르릉.
잠시 후 똑순의 활기차고 아름다운 목소리가 수화기를 타고 흘
러나온다.
　"여보세요."
　"안녕 하세요? 저 우현성입니다."
　"아~ 네 작가님 안녕하셨어요, 어쩐 일이세요?"
　"저 오늘 작정하고 서울에서 대전역사 대합실까지 왔습니다만,

시간을 내실 수 있나요?"

"아휴, 이렇게 불쑥 연락도 없이 오시면 어떡해요!"

"죄송합니다, 관찰만 하고 있을 수는 없어서 찾아왔는데, 그냥 돌아갈까요?"

"치! 조금만 기다리세요, 한 40여분 정도."

"알겠습니다, 천천히 나오세요."

전화를 끊은 현성은 대합실 다방에서 커피 한잔으로 입을 가신다. 양극이 음극을 찾아서 왔으니 그놈의 자석은 정말 세기도 하다.

서울에서 대전이 가까운 거리가 아니거늘 이렇게 끌어당기는 힘이 세어 붙어 버리다니, 달콤한 커피에 달콤한 상상으로 시간을 때우니 지루할 틈도 없이 그녀는 숨을 몰아쉬며 반갑게 자신을 향해 또각또각 소리를 내며 다가온다.

단발머리를 곱게 옆으로 빗어 넘기고 당당한 모습의 그녀가 악수를 청한다.

아니 그 보다는 누가 먼저 랄 것도 없이 두 사람은 서로 손을 잡았다는 표현이 더 정확하리라.

그리곤 눈으로 인사를 한다.

사람의 얼굴은 그리지만 마음은 그릴 수가 없다는데 왠지 서로는 서로의 마음을 알 수 있을 것 같다.

서로를 응시하던 두 사람은 주위의 시선을 의식했는지 손을 놓고는 급히 대합실을 빠져 나갔다.

주차되어 있던 똑순의 차에 오른 두 사람,

"어디로 모실까요?"

"어디를 정하고 온 것은 아니니 좋은 곳이 있으면 똑순씨가 안내를 해 주시구려."

"그럼 그렇게 하겠습니다, 오늘은 저한테 맡기세요."

잠시 망설이던 똑순이는 이내 목적지를 정한 듯 대전 시내를 빠져나가 알 수 없는 외곽 시골길로 차를 몰았다. 그렇게 한 시간을 달렸을까.

아름드리 측백나무와 편백나무가 울창한 숲길을 지나니 멋진 한옥과 별채 인 듯한 작은 집들이 여러 채가 보인다.

"여기는 마치 별천지 같습니다, 이곳은 어딥니까?"

"들어오면서 간판을 못 읽으셨나 봐요, 여기는 궁중요리의 명인이신 이연희 선생님이 운영하는 '대궐'이라는 한정식 집입니다."

"와우! 그럼 오늘 임금님 수라상을 맛보는 건가요?"

"글쎄요, 들어가 보시면 아십니다."

창덕궁이라고 써놓은 방 팻말 앞에 둘은 섰다.

그리고 보니 방마다 고궁의 이름을 써 놓은 것이 대궐이라는 간판과 잘 어울린다.

"이거 저작권법에 걸리는 거 아닌가 모르겠네요."

"왜요?"

"아니 창덕궁, 경복궁, 덕수궁 등으로 이름을 새겼으니."

"설마 조선시대 왕들이 나타나서 고발을 하려고요."

"하하하. 생각해 보니 그도 그렇긴 하네요."

둘은 창덕궁으로 안내가 되었다.

주문받는 사람이 나가고 둘만 있다는 생각에 묘한 기운이 감돈다, 그리고 얼쯤하게 서 있는 두 사람.

망설이던 현성은 그녀에게 말없이 다가서더니 예정에도 없던 애정표현을 한다.

조용히 그리고 두 팔에 힘을 주어 똑순을 포용한다.

"어머머, 여기서 이러시면 안 됩니다!"

필사적은 아닐지라도 거부의 표현을 분명히 한다.

"모르겠어요, 내가 왜 이래야 하는지를 나도 마음은 이러지 말 아야지 하면서도 손이 말을 듣지 않으니 어쩌면 좋습니까."

그리곤 두 팔에 힘을 준다.

호흡이 가빠지는 두 사람, 현성은 두 눈을 감은채로 그녀의 볼에 키스를 한다.

"안돼요, 그만하세요, 우리는 여기 까지가 정답입니다."

애원을 하는 그녀의 입에 현성은 입술로 말을 막는다.

그러나 똑순은 고개를 돌리고 거칠게 뿌리친다.

"이거는 아닌 것 같아요, 얼른 자리에 앉으세요."

현성의 체면이 말이 아니다. 욕정이라 하기엔 뭔가 좀 어설퍼 보이고 하여튼 술중에 가장 달콤하다는 입술을 훔치는 데는 성공을 했으니 그걸로 대충 체면치레는 한 셈이 아닌가.

"미안해요, 그러나 얼마나 기다리고 고대하던 순간인지 모릅니다."

자리에 앉아서 고개를 숙이고 얼굴도 바라보지 못하면서 중얼 거리듯 말한다.

"전 알아요, 그 오랜 세월들을."

무슨 말인가 이제 세 번째 보는데 그 세월이라니, 그러나 음식이 들어오면서 더 이상의 대화는 이어 지지 않았다.

식사를 마친 두 사람은 최근 새로 조성한 꽃과 숲이 조화를 이룬 길을 걸었다.

처음 보는 온갖 기화요초가 마치 간판 그대로 대궐의 한적한 꽃밭을 거니는 듯 착각이 든다. 그들을 축복해 주는지 꿀을 따는지 알 수 없지만 나비들도 나풀나풀 춤을 추면서, 그들이 다가가도 도망은커녕 즐거움을 준다.

현성은 아직도 그 달콤했던 입맞춤에 면박을 당해서 인지 공연히 서먹서먹하다.

"식사는 어땠어요?"

"글쎄요 뭐랄까, 이렇게 고급스런 음식은 처음 먹어봤다고 해야 할까요, 내 입맛에 딱 입니다만 이곳 분위기와 음식 맛으로 봐서는 가격도 상당하겠네요."

"입에 맞으셨다니 다행이네요."

"똑순씨는 언제나 이런 음식만 드셔서 얼굴이 곱고 나이가 안들어 보이나 봅니다."

"아이 참~! 작가님도, 저도 일 년에 한두번 작가님 같이 훌륭한 분을 모실 때나 먹는걸요."

"그건 그렇고 지난번 병원에서 최면요법이 정말 궁금한데."

말끝을 흐렸다. 그리곤 그녀의 표정을 살핀다.

"김 박사님 아무 말씀 없던가요?"

"네 전혀 없었지요, 환자와의 약속이래나 뭐래나 하면서 입을 굳게 닫더라고요."

잠시 생각을 하던 그녀가 가던 발길을 멈추고는 현성을 바라본다.

그리곤 현성의 손을 잡고 눈을 바라보며 조용히 입을 열었다.

"만약에 만약에요, 제 입에서 이상한 말이 나와도 놀라시면 안돼요, 아셨죠?"

"왜요? 그렇게 엄청난 비밀이 있나요?"

"꼭 그런 건 아니지만 최면요법을 믿는다면 말이지요, 작가님은 저를 처음 볼 때 어떤 느낌이 들었나요?"

"뭐랄까, 아주 오래된 연인처럼, 또는 내 형제 같은 느낌이랄까, 뽀뽀를 해도 꼭 가족과 하는 듯 어색한 느낌도 있었지만, 그렇지만 5월의 태양처럼 따뜻하고 포근하기도 했지요."

"그랬을 거예요, 저도 그랬으니까요."

"뜸들이지 말고 어서 말을 해 보세요."

잠시 머뭇거리던 똑순은 갑자기 눈물을 글썽이며, 현성을 와락 끌어안는다.

"전 기억이 잘 안 나지만 박사님 말씀에 의하면 작가님이 전생에 저와 인연이 있다는 군요, 그것도 아주 커다란 인연이, 우리 둘은 전생에 엄청 사랑했고, 또 이복남매라고 최면 상태에서 제가 말을 했다고 이야기를 해 주었어요."

잠시 숨을 고르던 똑순은 다시 말을 이어나간다.

"작가님이 그 마을 큰 나무에서 목을 매고."

말을 듣고 있던 현성은 뭔가 하나, 둘 의문의 수수께끼가 얼킨 실타래 풀리듯 앞뒤가 이어지며 궁금했던 그 무언가가 풀리는 것을 알 수가 있었다.

그 마을이 그렇게 애착이 가는 것 하며, 똑순이를 만나고 나서 일어났던 일들이 주마등처럼 스쳐간다.

"참 이상하다! 하고 생각은 했지만 이렇게 큰 비밀이 있을 줄이야, 이거야 말로 정말 해외 토픽감이 아닌가 합니다, 난 갑자기 그런 생각이 드네요. 우리가 조금만 더 일찍 만났더라면 얼마나 좋았을까 하는 생각 말이죠."

"사실 저도 작가님 생각을 많이 했어요, 어쩌면 줄곧 그 전생인지 퇴행요법시술인지 하는 생각에 빠져 있었어요, 우리 애 아빠에겐 미안한 이야기지만요, 제 생각입니다만 작가님도 체면요법을 한번 받아보세요, 그럼 확실히 알 수 있을 거예요."

이런 이야기를 주고 받다보니 갑자기 두 사람은 무슨 부부 또는 대단한 연인이라도 되는 것처럼 착각을 하게 된다.

그네처럼 흔들거리는 의자에 앉은 두 사람은 누가 먼저 랄 것도 없이 서로 손을 잡았다.

그렇듯 분위기에 취해 침묵을 유지하며 마음으로 대화를 하던 두 사람, 먼저 현성이 말문을 연다.

"똑순씨 내가 말을 놓아도 되겠소?"

조용히 눈을 응시하던 똑순의 눈가엔 아직도 이슬이 맺혀있다, 그리곤 잡고 있는 손에 힘을 꼭 준다.

"응 오빠, 오빠 마음대로 해, 난 이미 모든 걸 오빠에게 이야기했으니까."

"그래! 그렇게 말해주니 고마워, 우리가 비록 한을 품고 죽었던, 헛것을 보았던 모든 것이 아주 먼 옛날이야기이지만 그건 잊고 앞으론 오빠 된 내가 정말 잘 해줄게, 우리 인연을 서로 알아볼 수 있게 도와준 김 박사에게 정말 고맙고 또 어떻게라도 인사를 해야 하겠어."

"언제 셋이 식사한번해요, 오빠가 이리로 모시고 와도 좋고,"

"그럴까!"

시간이 가는 줄도 모르게 달달한 로맨스를 엮어나가듯 놀다가 보니 두 사람 다 갈 길이 바쁘다.

한 시간 거리이지만 시간이 급하다 보니 똑순이는 거칠게 운전을 한다.

"이거 너무 터프한데, 천천히 갑시다."

"오빠도 늦고 저도 얼른 집에 가봐야 해요, 우리 서방님 들어올 시간이 됐거든요."

"나 때문에 너무 죄송하게 됐네."

말은 그리해도 기분은 최상급이다, 잃어버린 고귀한 보물을 다시 찾은 느낌이랄까, 어쨌든 돌아오는 내내 현성은 모처럼 마음이 개운했다.

짓누르고 있던 그 무언가를 버리고 새로운 느낌이랄까.

그러나 이렇게 아름다운 인연으로 인하여 또 다른 불행의 씨앗을 만들고 싶지는 않았다, 최근 덕소마을을 찾은 것이 순수한 작품의 소재를 찾기 위한 여행이었지만 뜻하지 않게 자신과의 전생연결이 어쩌면 두 사람 모두 맑은 심성을 지니고 있기에 필연적으로 만난 것이 아닐까 하는 생각이 든다.

그렇게 꿈결 같던 시간은 흘러가고 용산역에 내린 현성은 집으로 돌아가는 길에 괜히 아내와 아이들에게 미안한 생각이 들었던지 근처의 유명생과자 집엘 들러 여러 종류의 과자와 생크림 케이크하나를 사서는 의기양양 집으로 향했다.

핀잔을 주는 아내의 잔소리가 벌써 고막을 찌르는 듯 고개를 설레설레 흔든다.

창작을 꿈꾸다

현관을 돌아서니 진한 미역국 냄새가 허기진 현성의 코를 자극한다.

"아니 왠 미역국이야?"

내복차림으로 엄마 시중을 들던 아들이 통명스럽게 내뱉는다.

"아빠는, 엄마 생일인데 그것도 몰라?"

'아차!'

그러나 놀람도 잠깐, 그는 창작을 하는 작가가 아니던가, 작가답게 냉정을 되찾고는 한마디 한다.

"그런데 말이다, 내가 왜 몰라 그래서 이렇게 유명 제과점 과자와 케이크도 사왔는데."

생과자와 케이크가 없었다면 뭐라 말을 했을까.

현성은 속으로 찔끔하니 꼭 나쁜 짓 하다가 들킨 어린아이처럼 오금이 저려온다.

"얼른 씻고 식사 하세요 ,아침에도 뭐 그리 바쁜지 일찍 나가더니, 야밤이 되어서야 들어옵니까?"

아들 녀석은 생과자 봉투를 받아 들고는 과자를 먹기 시작한다. 그런 모습이 못마땅한 아내는 통명스럽게 아이를 나무란다.

"그건 두었다 먹고 얼른 밥 먹어라, 밥맛없게 왜 그러니?"

"알았어, 엄마."

"오늘은 많이 바쁘셨나 봐요? 아까 사무실에도 안보이던데."

"응 지방 좀 다녀왔어, 작품 구상 문제로."

"네."

작가라는 직업을 가지고 있으니 둘러 대기도 좋다.

그럼 전생의 여인을 만나고 왔다면 누가 믿기나 할까.

잠자리에 누워서도 좀 체로 똑순이 그녀의 얼굴이 떠나질 않는다.

'어떻게 인연의 끈이 이렇게 이어 질수 있단 말인가. 그녀도 지금쯤 날 생각하고 있을까, 가정은 행복할까, 밝은 모습을 보니 행복하기는 한 것 같은데 혹시 내가 나타나서 마음이 혼란스러운 건 아닐지 몰라. 이거야 말로 좋은 작품 중의 작품이 될지도 몰라. 전생의 사랑이라니 꿈만 같구나, 그래 열심히 꿈꾸자, 생시건 꿈이건 느끼는 자만이 행복을 누릴 수 있는 특권이 있으니까!'

똑순이 역시 잠을 이루기가 힘이 든다.

그녀의 속마음을 알 길이 없는 그녀의 남편은 취한 모습으로 들어와 잔소리를 늘어 놓는다.

"매일 나돌아 다니지 말고 사무실 좀 신경 써라, IMF인가 나발인가 때문에 요즘 경기가 얼마나 안 좋은 줄 알아."

생각이 다른데 있는 그녀는 벌떡 일어나 베개를 들고는 휭 하니 나가면서 한마디 쏘아버린다.

"아고, 술 냄새에다 잔소리까지, 나 지금 머리가 진짜 많이 아프걸랑요."

머리가 아픈 게 아니고 머릿속에 들은 것이 온통 현성이라는 사람의 생각이 꽉 차 있으니 안 아플 리가 있을까.

'내일 서울을 한번 가볼까, 왜 이리 그 사람이 보고 싶은지 모르겠네.'

일단 아침에 전화를 한번 해 보자,

그렇게, 밤은 세상의 그리움과 상념을 모두 잠재우며 어둠으로 감싸고 있다가 다시금 하루를 알리는 여명에 밀려 자취를 감춰버린다.

밤새 뒤척이다가 정오가 되어서야 잠을 깬 똑순이는 현성의 명함을 들고 쇠북소리 출판사로 전화를 돌렸다.

"따르릉 따르릉."

"여보세요 쇠북소리 입니다."

수화기로 넘어와 들리는 소리가 고집스러워 보인 그 뿔테안경 최 여사가 아니던가.

"네 작가 선생님 계신지요?"

"아직 출근 전입니다. 누구시라 할까요?"

"네 이따가 다시 걸게요, 대전이라고 전해 주세요."

"그리 전하리다."

무뚝뚝한 한마디하고는 수화기를 내 던지는지 귀를 때리는 둔탁한 소리가 들린다.

'좀 살살 놓으면 안 되나! 아무리 내가 미워도 예의라고는 전혀 없는 심술 할머니 같아.'

꼭 바람맞은 것 같은 기분에 그녀는 마음이 괜히 상했다.

이때 전화벨이 요란스럽게 울린다.

"설마, 그분이 벌써."

"여보세요."

"보살님 평안 하시지요? 여기 안심사 자용스님 입니다,"

"어머 스님 안녕하세요, 제가 요즘 바빠서 절엘 못가니 스님이 전화를 주셨네요, 죄송합니다."

"하하 지난번 꿈에 우리 나 보살님이 보이 길래 뭔 일이 있나 싶어서 안부전화 했습니다요."

"저야 스님 덕분에 늘 잘 있는 걸요, 절 식구들 모두 건강하시지요?"

"그럼요, 시간 내서 한번 들리세요."

"감사합니다, 스님."

기다리는 전화가 아니라서 싱겁다.

'다시 내가 할까, 아니야 괜히 내속을 보이는 건 아닌지 몰라.'

이렇게 전화만 쳐다보면서 속절없는 시간만 흐르고 아무 일도 잡히지 않는 똑순이는 마당으로 나온다.

울타리에 앉아서 자기를 노려보는 새를 보고 짖어대는 강아지에게 괜한 신경질로 화풀이로 발길질을 한다.

"이놈아 조용히 못해."

한 대 얻어맞은 강아지가 서럽다는 듯 깨갱거리며 한쪽으로 물러선다.

안마당 한쪽에 마련된 의자에 앉아 탁자에 엎드려 턱을 괴고 허공을 응시한지 얼마나 시간이 흘렀을까.

다시 한 번 전화벨 소리가 울린다.

'이번엔 진짜겠지!'

헛기침으로 목소리를 다듬은 똑순은 수화기를 든다.

"여보세요."

" . . . . "

대답이 없다. 전화를 하고는 이건 뭔 시추에이션이야.

"여보세요, 여보세요. 전화를 거셨으면 말을 하세요."

그리곤 기분 나쁜 기계음 소리.

"딸각."

아니 왜 전화를 해 놓고선 말도 없이 끊어 버리지. 공연히 부아가 치민다.

'언놈이 전화를 잘못했나, 잘못했으면 잘못했다고 미안하다고 말을 하고 끊어야 하는 거 아냐, 전화 매너가 뭐 그래!'

그리곤 5분 후 다시 울리는 전화벨 소리.

이걸 받아 말아, 잠시 고민을 하던 똑순은 다시 점잔을 빼며 전화를 든다.

"여보세요."

"대전사는 나똑순 씨 전화 맞지요?"

"전데요, 그런데 댁은 누구신가요?"

일부러 딴청을 피운다, 수화기 속에서 들려오는 소리는 분명 하루 종일 오매불망 했던 그가 아니던가.

"아! 나 서울 사는 그 여자 오빠요."

"오빠라뇨? 우리 오빠는 인천에서 사는데요."

"아이 참! 나라니깐요, 설마 어제 만났는데 벌써 잊었소?"

농담할 기분은 아니지만 기다린 걸 생각하니 놀려 먹고 싶은 마음에 어깃장을 놓고 동문서답을 한다.

"하하하. 뭔 일로 우리 나 여사님이 화가 나셨나요? 난 밤새 잠을 설쳐 낮잠을 자고 이제 일어나서 전화를 하는 건데요."

"그러면 문자라도 남겨 주셔야지요, 기다리는 사람 무시하는 나쁜 취미를 갖고 계시나 봅니다, 제가 얼마나 전화를 기다렸는지 아세요?"

"알고 있으니 이렇게 전화를 한 것 아니오, 난 지금 동생이 너무 보고 싶어서 눈이 짓물렀다오."

"치! 저보고 그 말을 믿으라고 하시는 거예요."

"믿거나 말거나 이지만 그게 내 마음 이라오."

"몰라요."

이렇게 시간 가는 줄 모르고 정담을 나누는 두 사람, 무슨 할 이야기가 그리 많은지 시시콜콜 끝이 없다.

한 시간여를 수다를 떨면서도 서로 지치는 기색이 없다.

입이 가볍고 생각이 깊지 못한 사람들은 미혼자나 기혼자나 처음대하는 사람이 이성이라면 호기심과 상대편이 자신에 대한 관심도를 알아보기 위하여 할 말 못할 말 구분도 아니 하고 너스레를 떠는 것이 그런 부류의 사람들에 공통된 본성이라 할 수 있다.

이런 둘만의 비밀스런 대화를 못마땅한 표정으로 바라보는 이가 있으니, 도수 높은 안경을 코에 걸치고 현성을 감시하는 최 여사의 표정이 많이 일그러져 있다.

"도대체 창작을 핑계로 연애질을 하는지 왜 그 여자에게 그렇게 정신이 팔려 있나요? 시끄럽고 신경이 쓰여서 교정도 제대로 못 보잖아요."

현성은 손으로 송화기를 가리고 최 여사에게 변명을 하는 듯 대꾸를 한다.

"진짜로 재미있는 이야기가 나올 겁니다, 그러나 염려하시는 연애질은 아니니까 너무 걱정 안하셔도 됩니다, 하하하."

현성이 작가로 데뷔하고 쇠북소리출판사를 열고부터 교정, 편집, 행정일 등 모든 일을 맡아서 해주는 최 여사가 사실 그 누구보다 믿음이 가고 의지가 되는 사람이다. 그런 그녀가 현성의 대화를 엿듣다보니 속이 터지고 철부지란 생각이 드는 건 당연하다.

두 번의 생을 걸친 인연

그날 오후,
현성은 김 박사를 찾았다.
그녀의 권유대로 자신이 한번 최면요법 시술을 받아볼 참이다.
"김 박, 미안하네만 내가 그녀에게 대충 이야길 들었어, 나는 반
신반의 하지만 나도 한번 요법을 받아서 한번 확인을 해보고 싶
네, 도와 줄 수 있겠나?"
"그런가, 나의 요법을 자네의 그 삼류소설이야기로 시시콜콜
쓰이지만 않는다면 해 주겠네, 아이디어쯤은 괜찮겠지만 그러나
그대로 옮겨서 소설의 소재로 쓴다면 곤란하네."
"알겠네, 50% 약속하지, 나머지 50은 장담을 못해."
티베트의 명상악기인 *싱잉볼(singing bowl)의 잔잔한 음향이
흐르는 치료실에 누우니 저절로 최면에 든 듯, 영혼이 녹아든다.
"자, 당신을 최근 전생의 어느 때로 초대합니다. 하나 둘 셋."
"당신은 누구십니까?"
"나는 나무장사입니다, 기모노를 입은 여자가 나를 바라봅니
다, 너무 아름답네요."
"조금 앞으로 갑니다, 당신은 지금 무얼 하십니까? 하나, 둘,
셋."
"아내와 아이와 함께 산에서, 아니 밭에서 수확을 하고 있습니
다, 감자를 캐는 것 같습니다."
"이번에는 아주 오래전으로 갑니다, 그곳은 어디 입니까? 하나,
둘, 셋."

"캄캄하고 아무것도 없는 어둠의 세계입니다."

"그럼 조금 더 앞으로 가봅니다."

"장터에서 방물장수에게 여자들이 쓰는 참빗을 하나 사고 있습니다."

"그 참빗을 왜 샀나요?"

"글쎄요, 여자가 쓰는 물건이니까 누구에겐가 선물을 하려고 사는 게 아닌가 합니다."

대꾸를 하는 현성의 눈에서 간헐적으로 눈물이 흐른다.

이후에도 최면요법은 계속되고 한 마디 마디가 녹음이 되었다.

약 1시간이 흐른 후 김 박사는 최면을 멈춘다.

"자, 이제 최면에서 깨어납니다. 하나 둘 셋."

긴 호흡과 함께 자리에서 일어난 현성은 자신의 얼굴에 물을 부은 듯 매우 촉촉하여 의아하게 여기고 물어본다.

"혹시 내 얼굴에 물을 뿌렸나?"

"물? 아니, 이 사람아, 자네가 많이 울고 땀도 많이 흘렸다네."

"왜?"

"그야 나는 모르지, 나는 대답만 듣고 그려지는 풍경은 보지를 못했으니."

"잘 기억이 안 나는데, 아이 한명이 날 보고 아부지라고 부르던 기억은 또렷하네."

"지난번 나똑순씨 치료 할 때 도 느꼈던 부분인데 뭐라고 단정하긴 어렵네만, 자네와 겹치는 부분이 많아, 특히 두 번의 생이 겹치는 게 특이하단 말일세."

"만약에 그녀와 내가 전생을 두 번이나 같이 지냈다면 이건 완전히 해외 토픽 감이 아닐까? 김 박 자네가 우리의 사례로 논문을 써보는 것도 괜찮을 듯 싶네만."

"그러게, 전생을 안 믿는 사람들도 많으니 뭐라 단정은 못하겠지만 특이한 사례로 소개는 할 수 있을 거야, 두 사람에게는 뭔가가 있어, 그녀는 어느 때는 일본 사람이었던 거 같아, 지난번에 유창한 일본말로 답을 하더라고, 아니면 일본말이 배웠거나, 내가 그나마 제2외국어를 일본어를 택하였기에 알아들었지 뭔가."

"일본 말? 그건 또 금시초문이군."

"50년대 미국에 *모레이 번스타인이라는 유명한 최면술사가 있었지, 그 양반은 아이가 자궁에서 나오는 순간까지도 최면으로 가려냈었어, 자네와 그녀 이야기도 집중적으로 최면을 실시하여 논문을 쓰고 책을 내면 많이 팔리겠지만 난 원하지 않네."

"내가 생각할 때 김 박사 자네는 번스타인인가 하는 사람보다 더 유명한 최면술사일세 그려, 자네의 마음은 잘 알겠네, 그런데 이것이 뉴스감이 되면 자네 병원도 문전성시를 이루지 않을까?"

"이 문제만은 굳이 상업적으로 이용하고 싶지 않아, 잘못하면 세 명이 짜고 치는 고스톱처럼 내가 사기꾼이 될 수도 있고, 또 돌팔이가 될 수도 있어, 자네의 최면 속 대화를 녹음해 뒀는데 내가 먼저 들어보고 자네에게 건네든 어쩌든 하겠네, 아님 주지 않고 알아야 할 내용이 있으면 이야기만 해 줄 수도 있어, 그것도 50% 확률이네."

"내가 그랬다고 그걸 금방 써 먹는 군, 하하하."

"그것이 의사의 윤리라네."

현성을 보내고 김 박사는 나똑순씨와 현성의 녹음된 테이프를 들어 보며 나름대로 그들의 전생과 시대적 배경을 유추해 보았다.

둘은 분명 서로 아는 사이인데 그녀의 일본말이 도무지 감을 못 잡겠다.

　'나무장사를 하면서 일본인집에 드나든다면 그건 이야기가 되는데, 그럼 그녀는 누구일까, 두 사람이 혼인한 사이는 아닌데, 그렇다면 아이를 안고 울던 여자가 나무장수의 부인이고, 만약에 일정시대라면 이 아이는 지금도 어딘가에서 살고 있겠는데.'

그는 현성의 테이프를 앞으로 돌려서 천천히 몇 번이고 되돌려서 들어본다.

　'이러다가 작가 가 아니고 내가 소설을 쓰겠네!'

어머니와 홍예 마을, 영실과 수영 이라는 키워드로 모아진다.

　'그럼 홍예마을에서 나무장사를 하고 영실과 수영이라는 애가 있는 것인가.'

그는 무엇인가를 발견한 듯 현성에게 전화를 했다.

　"자네 아까 나와 최면요법 한 이야기 기억나는 것 있나?"

　"아니 전혀 생각이 안 나네."

　"이거 하나는 확실히 말해 주겠네, 자네의 전생 고향은 홍예마을이고 어머니와 영실과 수영이라는 두 인물이 연결 되는군."

　"홍예라니, 무지개를 말하는 건가! 마을이 어디지?"

　"그걸 알아내는 것이 자네의 숙제야, 하하하."

　"나는 오백 년 전 뿌리를 찾아보려고 그녀와 약속을 하고 덕소 마을을 본격적으로 파헤쳐 보려고 작심을 했네만, 친구 말대로라면, 또 다른 전생의 홍예마을도 찾아야겠군."

　"일이 점점 커져가는 느낌이야, 정말 흥미로운 일이지! 두 사람의 이야기가 이젠 내가 더 궁금해지는군."

"그래, 열망과 열정을 다해 완성을 보아야겠지, 이럴수록 김 박사의 도움이 절실하군 그래! 꼭 모든 자료를 오픈하여 주게."

아우내 장터.
순대국 냄새와 장사꾼들의 와자지껄 소리가 요란하고, 삶의 향기가 진하게 느껴지는 병천 장터를 허름한 옷차림에 현성이 싸구려 올림프스 스냅 카메라를 들고는 연신 셔터를 눌러댄다.
좀 서둘러 온다는 것이 너무 일찍 도착을 해 차부에서 가까운 저잣거리의 풍경을 스케치 하는 중인 것이다.
허기를 느껴 시계를 보니 오후 1시.
그녀를 마중하러 차부로 나갔다. 낡은 버스를 뒤따라오는 검은색 고급 세단차가 그의 눈에 들어온다.
현성은 차를 향해 손을 흔들고 알았다는 듯 경적을 울린다.
차에서 내린 그녀는 검은 뿔테 안경으로 멋을 내고, 우유빛깔 실크스카프를 한들거리며 마치 유한마담처럼 걸으며 현성에게 다가온다.
"오빠! 한참 기다리셨죠?"
"뭐 별로! 장터 구경하면서 괜찮았어."
그녀는 현성의 손을 잡아당긴다.
"우리 순댓국 먹으러 가요."
"그럴까. 시장한가 보네! 나도 출출했는데, 어느 집으로 갈까, 지난번 그 집? 아니면 다른 집도 맛을 좀 볼까, 모두 원조 순댓국이라 하니까."
"오늘은 다른 집으로 가요, 그래도 연세 지긋한 할머니집이 맛나지 싶은데요."

둘은 좌우를 둘러보며 그중 시골냄새가 물씬 풍기는 덕소 순댓국집으로 발길을 돌렸다.

"낯이 익은 덕소라는 글자가 끌리네, 혹시 덕소마을 분이신가."

"그러게요, 들어가서 확인해 보시지요."

입구에 들어서니 백발의 할머니가 약간은 굽은 허리로 인사를 하며 그들을 맞이한다.

"무슨 음식을 드실 겁니까?"

"네 순댓국집에 왔으니 순댓국 주세요, 할머니 혹시 덕소 마을 잘 아세요?"

"잘 알지, 내가 거기서 태어나고 거기서 자랐는데, 모를 리가 있을까!"

"여기서 멀지는 않지요?"

"그럼, 성거산 만일고개만 넘으면 되니 차로 가면 10분도 안 걸려, 우리 집은 조상대대로 거기서 터를 잡고 살았지."

"혹시 그곳에 가면 마을 역사를 알 수 있는 집이 있나요?"

"그건 왜?"

"전에도 두 번 다녀왔는데 그 동네가 마음에 들고요, 꼭 정든 고향 같은 호기심이 일어서요."

"글쎄, 역사를 알려면 면사무소나 가야 알 수 있지, 어르신들은 다 돌아가시고 지금 아는 사람이 별로 없을 거야."

"네, 감사합니다."

김달중 고택

　두 사람은 허기를 때우고는 덕소 순댓국을 나와서 마을로 향했다.

전생 탐험을 하기 위한 동행이라 그런지는 몰라도 서로가 말없이 야릇한 표정으로 상대를 바라보니 참으로 묘한 감정이 밀려온다.

　"똑순아, 참으로 인연이란 것이 신비롭다, 그렇지?"

　"그러게요, 나는 이것이 지금 잘하는 것인지 아니면 쓸데없는 일에 시간을 낭비하는 건지 판단이 안서요."

　"흐르는 물처럼 순리대로 맡겨봐, 이 탐험이 순리에 역행하는 것이라면 어느 곳에선가 막히겠지 그땐 중단하면 되는 것이고."

짧은 거리이다 보니 어느새 두 사람은 덕소 마을 천년고목아래까지 왔다.

말이 천년고목이지 어찌 보면 아직도 젊은 듯 잎사귀들이 빼곡히 차있어 아직도 청춘이라는 생각이 드는 나무이다.

　"지난번에도 느꼈던 바이지만 이 나무는 정말 멋있어."

칠십 평은 되어 보이는 땅에 마을사람 모두를 품어 주는 듯 시원한 그늘을 만들어 놓았다.

둘은 마을의 중심에 있는 고옥의 주변을 살폈다.

　"오빠, 이집이 지난번 최면 시술 때 보았던 집과 매우 흡사해요."

　"정말?"

고택이라 그런지 안에는 인기척이 없이 조용하다.

대문으로 와보니 작은 안내판이 보인다.

김달중 고택.

대문을 두드리니 인기척을 내며 노인이 나온다.

"이 고택이 이 마을에서 제일로 오래된 집인가요?"

"그렇소만."

"혹시 집 내부 좀 구경할 수 있나요? 고택에 관하여 문화재 연구를 하는 사람들이거든요."

"사람이 살지 않는 집이라서, 썩 깨끗하지는 않은데 그래도 괜찮다면 둘러보시구려."

"고맙습니다, 어르신께서 아시는 대로 안내하고 말씀해 주시면 됩니다."

"그럽시다."

집 내부에 들어서서 주위를 살펴보면서 상상을 해 본다.

말이 없는 똑순이의 눈에는 이슬이 맺혀있다.

그 옛날을 추억하며 마치 자신이 알기라도 하는 듯 집의 이곳저곳을 살펴보고 허락을 얻어 방문을 열어 안을 들여다 본다.

"어르신 혹시 김달중이라는 분에 대해서 아시나요?"

"나야 잘 모르지, 몇 백 년 전 사람을 어떻게 알아, 다만 대가 끊겨서 그 할아버지 이후로는 다른 사람들이 살았다나봐. 나는 종친 후손으로 가끔 들려서 청소도 하고 주위를 살피기도 하지."

"그럼 대가 끊긴 것을 어떻게 아셨어요?"

"그거야 족보에 보면 다 나와 있지."

두 사람의 대화엔 관심이 없는지 똑순이는 혼자서 여기저기를 돌아보며 살핀다.

"자 이제 그만 나가요, 나도 집에 가야하니까."

"어르신 댁은 어디신지요?"

"바로 아랫집이 우리 집이야."

"앞으로 가끔 놀러 오겠습니다."

"아니 왜? 이 낡은 집이 그렇게 연구할 가치가 있는 건가? 그 정도는 아닐 텐데."

"왠지 정이 갑니다, 그래도 오면 반겨 맞아주실 거지요, 어르신?"

"그럽시다, 올 때 막걸리나 한 병 사 오슈."

"어디 막걸리뿐이겠습니까, 장터에서 맛난 순대도 가져 오겠습니다."

"하하하, 그래주면 더 좋고!"

김달중의 후손은 아니지만 이 분의 선조도 같은 마을에 살았고 서로 인척관계 일 테니 이렇게라도 환심을 사두는 것이 자신에게 많은 도움이 될듯하여 아부하듯 말투를 상냥하게 하였다.

김달중.

현성은 곰곰이 김달중이란 인물을 되새겨 본다.

족보를 확인해 보지 않아서 정확한 시대를 알 수는 없지만 노인의 이야기대로 추리를 하여보니 어림잡아 이백년은 넘었으리란 생각이 든다.

"김달중이란 인물을 대해서 어떻게 생각해?"

"아마도 그분이 전생의 우리 아버지가 아닐까 싶어요."

"나도 그렇게 생각하는데 다음에는 그 어르신께 족보를 보여 달라고 해 보자."

"남 족보를 무슨 핑계를 대고 보여 달래요, 제 생각엔 김 박사님

체면요법으로 전생을 유추해 보는 게 더 좋고 빠를 듯 싶네요."
"그래, 백 프로 신뢰할 수는 없지만 그것도 좋은 방법이긴 하지, 그러나 족보는 확실한 역사거든, 족보의 기록이야 말로 가장 정확하고 검증이 된 것이야, 이 분이 보여주지 않으면 발행처를 알아서라도 우리가 한질을 구매해 살펴봐도 되고."
"어쨌든 파헤쳐 보면 오빠가 생각하는 좋은 작품 소재가 될 듯 싶기는 해요."
"그나저나 우리 언제 또 만나지?"
"제가 연락할게요, 저도 많이 눈치가 보여요, 집에만 있던 여자가 무슨 바람이 났냐고 수시로 핀잔을 주니."
"괜히 내가 미안하네."
그러나 두 사람 모두 두 번째의 전생은 서로 함구를 했다.
박사는 두 사람 모두에게 비밀로 해줄 것을 당부를 했으니 어렴풋이라도 그 이야길 하면 죄를 짓는다는 생각에 그저 조용히 입을 다물고 있었다.

두 사람이 헤어지고 서울로 돌아오는 버스에서 현성은 그 동안의 일들을 실에 염주를 꿰듯 하나하나 생각을 해보며 맞추어 보았다.
환영에 시달리던 어린 시절,
자석에 이끌리듯 스스로 찾아왔던 덕소 마을, 그리고 똑순이 만남과 전생을 유추하는 시술 등 작품의 소재를 찾던 중 만난 모든 것은 연기처럼 사라진 숙세의 업이 승화되어 다가와 혼란을 부르고 차마 어떻게 해 볼 수 없는 여인의 존재 등 이것이 하늘의 계시라도 되는 것처럼 날줄과 씨줄을 엮어 베를 짜듯 운명의 한

페이지가 완성이 되어간다.

'김 박사는 나에게 이 이야기를 글을 쓰지 않으면 좋겠다.'고 의견을 말했는데 세 사람만 알기에는 너무 흥미로운 이야기로 모두가 함께 공유하고 싶은 마음이 공장의 굴뚝처럼 솟아오른다.

쇠북소리로 돌아온 현성은 정리된 이야기를 한자 한자 글을 써 내려가기 시작했다.

마치 자전적 소설처럼 자신의 현실과 이상을 섞어가며 사랑 이라는 만고불변의 주제와 윤회라는 대의를 섞어서 변주된 몇 토막 스토리로 쓴다면 독자들에게도 신선한 이야기꺼리 가 될듯하다.

모든 태어남은 죽음에서 생긴다, 곡식이 움을 트기 위해서는 종자가 죽지 않으면 안 되듯이 그 법칙이 우리 인간의 세계에서도 통하는 것이다.

내용의 방향을 그렇게 잡으니 펜이 종이 위에서 춤을 추듯 빠르게 움직인다.

그 무렵,

똑순이는 현성에게 기별 없이 김바우 정신과 박사를 찾았다.

똑순은 김 박사에게 근간의 일을 설명하고 자신에게 최면을 걸어 전생의 이야기들을 기록해 줄 것을 요청했다.

"글쎄요, 그게 쉬운 일은 아니고 또 장시간 그리한다면 나똑순 씨 건강에도 별로 도움이 안 될듯한데 그래도 하시겠습니까?"

"네, 꼭 부탁드립니다,"

"그러면 시간을 두고 천천히 해 봅시다, 하루에 한 시간씩만 하고 시간이 될 때 내원해서 시술을 해 보도록 하지요."

"오늘부터 부탁을 하겠습니다."

김 박사는 녹음기를 준비하고 그녀를 편안한 안락의자에 앉게 하였다. 그리고 티베트 명상악기 싱잉볼 연주를 틀어 놓았다. 살아있는 자의 영혼 같은 소리가 이펙트를 더하여 메아리처럼 맑은 울림의 소리가 귀를 파고들며 그 선율을 따라서 하늘을 유영하듯 메아리치고 끝내는 별나라를 향해 파장이 물결치듯 퍼져 나간다.

"두려워하지 마세요, 당신의 아름다운 과거를 지금부터 여행합니다."

"네!"

"자 눈을 감으시고요, 천천히 숫자를 셉니다, 세는 숫자에 따라 숨을 들이쉬고 내 쉽니다. 하나, 둘, 셋.

호흡을 천천히 하십시오. 당신은 지금 어디에 있습니까?"

"밭으로 보이는 곳에서 어느 아주머니와 나물을 캡니다. 동네 앞 밭인데 내 옷이 솜바지 저고리인 걸 보니 아직 추운가봅니다."

"자! 그럼 다시 앞으로 나가 봅니다."

"집에서 엄마와 병아리에게 모이를 주면서 대견한 듯 쪼아 먹는 모습을 바라봅니다, 너무 아름다워요, 아! 아줌마는 문간방 음전네 인듯 합니다."

그렇게 한 시간 동안을 녹음하고 질문하고 대답하면서 최면 요법을 끝냈다.

"무슨 말을 했는지 기억이 나는지요?"

"아니요, 머리를 맞은 것처럼 그냥 정신이 몽롱하고 머리가 좀 어지럽네요."

"그럴 겁니다, 그냥 소소한 일상이 녹음되었는데 어찌 되었던 전에 이야기했던 그때 그 시절인 것은 확실합니다."

"박사님 오늘 최면요법은 작가님에게는 비밀로 해 주실 거지요?"

"그럼요, 그렇게 부탁하시는데 철저히 지켜드려야지요."

"사실은 작가님은 오늘 제가 이곳에 온 것을 모르고 있거든요, 무슨 큰 비밀은 아니지만 옛날 아주 옛날 전생이야기라도 제 사생활이 털리는 기분이 들어서요."

"어련하시려고요!"

그러나 똑순이도 알다시피 본래 퇴행요법시술이 두 사람이 몸에 병이 있어서 시작한 것이 아니고 작가의 지적 호기심과 창작을 위한 자료 수집에서 시작이 된 것이기에 많은 부분에서 김 박사와 현성은 자료를 공유하는 처지이고 다만 그것이 아닌 것처럼 똑순이를 기만하고 있으니, 어찌 보면 순진한 것은 여자인 똑순이요, 그것을 즐기는 철없는 남자들이 현성이와 김바우 박사가 아니던가,

고속버스에 올라서 차창을 바라보니 한숨이 절로 나온다.

'내가 언제까지 이 놀음을 해야 하지! 괜히 후회스럽네.'

현성이의 출현으로 인해 자신의 정신세계는 물론이고 일까지도 어쩌면 엉망이 되어 가는 기분이 들어서 그만둘까 하는 생각을 하지만 마음 한쪽에서 이미 시작한일 끝을 보라고 충동질도 한다.

'녹음기에 무슨 이야기가 들어 있을까.'

'무슨 비밀스러운 내용이 있더라도 베스트셀러가 목표라 하니

알려줘야 하겠지!'

전혀 다른 세상의 먼 옛날의 이야기들을 모으는 재미가 어떨지, 혹은 이 자료들이 쇠북소리 작가의 작품 활동에 도움이 될지, 많은 생각들이 복잡하게 얽히다 보니 몇 시간 거리가 잠들었다 깨듯 짧은 순간에 서울을 다녀 온 모양새다.

아니 어쩌면 요즘 그녀는 자신이 허깨비인지, 도깨비에게 홀렸다고 혼자서 수없이 생각을 하였다.

'그래! 난 도깨비에게 홀렸어, 귀엽고 달콤한 그리고 사랑스런 도깨비.'

최근 몇 개월의 방황이 그녀의 머리를 복잡하게 만들어 똑순이는 생각을 정리할 필요성을 느끼고 한동안 두문불출 집에만 있었다.

며칠 전, 전에 없이 강경한 남편 고정문의 호된 질책이 그녀를 제 정신으로 돌아오게 한 것인지도 모를 일이 발생했었다. 평생 들어보지 못했던 온갖 악담과 욕설이 새삼 떠오른다.

"야, 너 요즘 뭐하고 돌아다니느라고 집안이 엉망인거야?"

"야라니, 말 다했어?"

"아니, 집 비우고 맨 날 싸질러 돌아다니는 년이 잘났다고 어디서 말대꾸여."

"년, 너 지금 나한테 년이라고 했니? 내가 너한테 년 소리 들으려고 너한테 시집 온 줄 알아?"

그녀의 남편은 멱살을 움켜잡고는 핏줄이 솟아오를 정도로 주먹을 쥐고는 몇 번을 때리는 시늉을 하고는 멱살을 놓고는 한소리 내뱉고는 나가 버린다.

"가뜩이나 경기가 안 좋고 빌어먹을 IMF 때문에 죽을 지경이고, 채권자들한테 시달리는데 집에서 까지 나를 열 받게 하네, 에이 재수가 없으려니까, 저런 것이 이 집에 들어와 모든 게 되는 것이 없어!"

악담도 그런 악담이 없다, 남 탓하는 사람치고 잘되는 인간 없지만 문제는 그게 집안일이다 보니 생각이 복잡하다. 불과 며칠 전의 일이었지만 다시 돌이켜 생각을 해 보니 남편에게 많이 미안했다.

자신이 자중하고 사무실에 나가서 일손을 보태고 힘든 시기를 서둘러 봉합을 해야지 잘못하면 내가 큰 화를 당하고 어쩌면 회사도 감당 못할 부도사태로 파산할지도 모른다는 생각이 들었다.

"따르릉."

한낮 혼자 무료한 시간을 보내고 있는 똑순이의 휴대전화가 정적을 깬다.

"여보세요."

"응, 나 오빠야."

"잘 지내셨어요?"

"요즘 통 소식이 없으니 혹 걱정이 되어 전화했다."

"저야 잘 있지요, 눈치가 보여 바깥출입을 삼가고 있어요, 제가 형편 봐 가면서 한 번 올라가겠습니다."

"아니 내가 갈게, 그것이 빠를 것 같은데."

"제가 쇠북소리로 전화할게요."

"사실 나도 최 여사에게 눈치가 보여서 말이야."

"어쩌다 우리는 눈칫밥을 먹는 신세로 전락하고 말았네요."

"하하하. 그러게 말이야."

"제가 김바우 박사님께 한번 들려야 하니 그때 전화 드릴게요."

전화를 끊고 나니 이내 남편이 들어온다.

"내일 당신 서울 가서 입찰 좀 보고와."

"무슨 입찰인데요?"

"공사금액도 크고 또 회사 흥망성쇠가 달린 입찰이니 꼭 성사시켜야 해."

"입찰이 내 마음대로 되는 건가요? 아녀자 보내서 안 되면 어쩌려고요?"

"당신 눈치싸움 선수 아냐? 전에도 잘 하던데 뭘!"

"이미 다 꾸며놓은 서류인데 무슨 눈치싸움이래요? 어쨌거나 눈치싸움 하면서 최선의 노력은 하겠지만, 만에 하나 탈락 되더라도 나를 원망하지 마요."

"하여튼 굴러가는 돌에는 이끼가 끼지 않는다고 회사가 잘 굴러가려면 이번 입찰이 꼭 낙찰되어야 해."

입찰도 중요하고 서울을 어떻게 가야되나 하고 눈치만 보던 중에 기회가 온 것이다.

'이번에 올라가 두 번째 전생탐험은 하루코인지, 이루코인지 그 시절을 부탁해서 알아봐야지.'

오전 11시.

입찰 참여를 위해 도착한 나라의 조달본부 라는 곳은 글자그대로 인산인해이다.

경기가 안 좋을 때 100억 짜리 공사로 최소 3년은 걱정 없이 일거리가 되는 공사라서 너도 나도 공사입찰에 수십여 업체가 참여를 한다.

똑순이 회사에 유리한 점이 있다면 회사가 있는 지역에서 시행되는 공사라서 인건비와 운반비, 장비운용 등에서 타사보다 훨씬 좋은 조건 속에서 진행을 하기 때문에 타사보다는 금액 조건에서 많이 유리하였다.

'그래, 남편과 직원들이 근 한 달을 밤새워 가며 만들어 놓은 서류이니 반드시 선정이 되어야 하는 것이야.'

서류를 제출하기 직전 그녀는 자신이 아는 부처님, 하느님, 공자님 등 거룩한 존재는 모두 입에 올리며 꼭 될 수 있기를 구석에서 두 손을 모으고 기도를 했다.

그리고 입찰참가 의향서를 제출하고 조달청을 나왔다.

12시,

입찰을 마친 똑순은 쇠북소리 쪽으로 차를 몰았다.

그리고 전화를 건다.

다행히 현성이 전화를 받는다.

"점심 시간인데 시간이 어떠세요?"

"어디신데?"

"저 한강다리 건너고 있어요, 제가 그리로 갈 수도 있고요."

"그래, 10분 후 사무실 앞에서 만나요."

"그래, 그럼 내가 미리 나가서 기다리고 있을 게."

청자(靑紫)빛이 감도는 세단에 오르니 바이올렛 투피스로 치장을 한 그녀가 반겨 맞이해 준다. 장미향이 은은히 풍기는 것이 이 차의 주인이 여인이라는 것을 말해 주는 듯 하다.

"무슨 일로 온 거야?"

"공사 입찰 때문에요, 마침 대전에 큰 건이 하나 터졌는데 우리가 비록 중소업체지만 우리 지역의 공사라서 1군 업체와 충분히 경쟁해볼만 하거든요."

"그래? 잘 되었으면 좋겠다!"

"그래야 제가 좀 더 자유로울 수 있지요, 꼭 되도록 기도해 주세요."

"내 기도로 입찰에 선정이 된다면 어디 한번 뿐이겠어, 백번 천번이라도 해 줘야지."

"오빠의 그 갸륵한 마음 때문이라도 잘 될 거예요."

근처에서 가볍게 식사를 한 후에 똑순은 바쁘다는 핑계를 대고는 혼자서 김바우 박사의 의원을 찾았다.

"박사님, 자주 못 뵈어 죄송합니다. 오늘도 잘 부탁드립니다."

"어디 최선을 다해 봅시다."

치료실로 들어서니 흐르는 음악에 마음부터 편해진다.

그윽한 아로마 향기에 음악도 아로마 테라피 라는 감미로운 바이올린 선율이 흐르고 의자에 누우니 눈이 저절로 감긴다.

"자, 오늘은 어디를 여행해 볼까요?"

"지난번 아이를 안고 있는 여자가 누구인지, 왜 물속에 있는지 궁금합니다."

"궁금한 것이 많아도 병이됩니다, 적당히 궁금해 하시고 복식호흡으로 숫자를 세어 보겠습니다. 하나, 둘, 셋, ... 아홉, 열. 제 말이 들립니까?"

대답이 없다, 마치 깊은 수면에 들듯 평온한 얼굴이다.

"당신은 최면에 들었습니다. 1년 2년 20년 40년 60년 . . . 당신은 누구입니까?"

"私は春子です. 저는 하루코입니다."

"지금 무엇을 하고 있습니까? 하나, 둘, 셋."

"スー・グンと話しています. 수근씨와 대화 중입니다."

"수근씨는 누구지요?"

"木の販賣ですが, 私の兄弟は私の人生の前身です. 나무장수이지만 전생이 저의 오빠라고 점쟁이가 말을 했습니다."

"다시 앞으로 나아갈까요? 지금은 몇 년도 몇 월 인가요?"

"ショーと20年5月 쇼와 20년(1945) 5월입니다."

"지금은 누구와 있지요?"

"とても悲しいです. 彼は捕らえられます. 私は泣いている. 너무 슬퍼요. 그분이 잡혀갑니다. 어쩌면 좋아요 저는 울고 있습니다."

"울지 말고 다시 앞으로 가 봅니다, 지금은 무엇을 하나요?"

"日本に行く前に, 私は水根の子供を探しました. 彼の名前は水泳です. 제가 일본에 가기 전에 수근의 아이를 찾아 갔습니다. 아이 이름이 수영입니다."

"자, 다음 날로 가 보겠습니다, 지금은 어디입니까?"

"息が詰まって, 誰かが私を呼ぶのを聞いて水の中にいる. ああ! それはあまりにも強力です! 숨이 막혀옵니다, 누군가 저를 부르는 소리에 물속에 있습니다. 아! 너무 힘이 들어요."

어느 정도 체면상태를 지속하다가 더 이상 최면요법을 하면 그녀가 위험 하겠다는 생각에 멈추고는 살펴보니 얼굴과 목덜미가

땀으로 흥건하다.

"이제 힘든 당신의 영혼에 최면을 풀고 깊은 잠으로 인도합니다, 하나, 둘, 셋."

박사는 최면시술을 마치고 자신이 두 사람에게서 얻은 정보로 나름 유추를 해 보았다.

현성과 똑순은 삼생을 거쳐 오면서 서로 사랑했으면서도 끝내 이루어지지 못한 비극의 주인공이 아닐까 하는 생각과 숙세(宿世)의 인과는 내세로 이어진다는 지극히 평범하지만 믿을 수 없는 사실이었다.

'늘 계속되는 불행이란 있을 수가 없는 법, 언젠가는 이들도 한이 아닌 아름다운 사랑으로 그 끝을 맺을 수 있을 거야.'

보이지 않는 인연의 끈은 이들을 언젠가의 죽음으로 인해 다시 태어날 것이다.

씨앗이 생명을 움트기 위해서는 자신을 죽이지 않으면 안 되는 원리와 같은 것이리라.

"박사님, 녹음은 하셨지요?"

수면에서 깨어나 첫 번째 물음이 녹음을 말하는걸 보니 너무 궁금증이 일었나 보다.

"했습니다, 제가 말씀 드릴 수 있는 것은 당신의 전생은 일본사람이고 시대는 쇼와 20년이라하는데 아마도 1945년이 아닌가 합니다, 충청도 제천 땅에서 살았더군요, 그리고 아직도 살아있을지 모를 수영이라는 사람을 찾아서 과거 여행을 언젠가는 해보는 것도 좋을 듯 합니다."

"수영이요?"

"네, 그 사람을 현성작가와 둘이 찾아보는 것도 괜찮을 듯합니다."

"수영이란 사람이 저와 무슨 관계가 있나요?"

"관계라기보다는 최면 때 자주 거론을 합니다."

박사는 그녀의 전생이 현해탄에서 자진을 했다는 이야기는 하지 않았다.

그것은 충격이 될 수도 있고, 그녀의 현재 생애에 별 도움이 안 되는 사건으로 긁어 부스럼을 만들 필요가 없기 때문이다.

"하여튼 두 사람은 연구 대상임에는 틀림이 없어요, 언제 시간이 되면 둘이 전생여행을 한번 해 보세요, 저는 여기까지입니다, 하하하."

무지개 마을을 찾아가다

며칠 후.

똑순은 남편 고정문과 지난번 공사입찰의 낙찰자로 선정이 되어 계약 차 서울을 방문하면서 틈을 내 현성에게 전화를 했다.

"작가 오빠, 저 계약하려 왔습니다, 앞으로 많이 바쁠 듯해요, 남편이 있어서 뵙지는 못하고 전화로 인사드립니다."

"공사가 크다 했는데 이를 수주했으니 경사중의 경사야 축하해, 역시 내 기도가 통했나 보다, 하하하."

"그러게요, 고맙습니다, 우리 시간 내서 전생여행 가야지요, 혹 김 박사님께 연락받은 것 없으세요?"

"그래요, 나도 똑순과 함께 무지개 마을을 한 번 찾아가려고 해.”

“그곳에서 전생의 인연을 찾는다면, 생각만 해도 너무 재미 있어요.”

“내일 김박 만나서 자세한 이야기를 듣고 그대에게 보고 하겠으니 수일 내로 가 봅시다, 생각만 해도 가슴이 벅차오르네.”

“알겠습니다, 기다릴게요.”

그날 밤.

현성과 김바우 박사는 낙성대 부근의 대폿집에서 막걸리 잔을 주고 받는다.

“내가 자네에게 함구하려 했는데 일이 묘하게 꼬여 가는구먼.”

“함구라니, 속속들이 아는 것을 말해 주게, 부탁을 하네.”

“자네와 그녀는 연분이 있으면서도 연분이 아니더란 말일세, 그것참 묘하지?”

“답답하네! 자세히 좀 말해봐.”

“운명적인 인연이긴 한데, 뭐랄까! 숙명은 아니 필연은 아니더란 말일세, 두 사람의 전생요법을 비교하여 보니 두 번의 생을 거치며 서로 바라만 봤지, 부부의 연분은 아니더란 말일세.”

“어떻게 거울 보듯이 그렇게 알 수가 있나?”

“내가 보는 것이 아니고 두 사람이 그렇게 말을 했을 뿐이라네, 난 그걸 추리해서 말하는 거고.”

“최면속의 세상일은 정말 알다가도 모르겠어, 하여튼 고맙네, 김 박사는 정말 대단한 사람이야.”

“제천 무지개마을 이란 곳을 한번 찾아보게, 거기 가서 수영이란 사람을 찾아봐, 그 사람을 찾으면 자네의 전생에 대한 수수께끼가 풀릴 수 있을 거야, 속속들이 알지도 모르지, 아마 살아있다면 나이가 칠십은 안 되었을 것이야."

"나하고 어떤 관계이던가?"

"글쎄 아마 전생의 아들쯤 아닐까!"

"그럼 그 사람을 찾으면 어떻게 불러야 할까, 아들아, 이렇게!"

"자네 마음대로 하시게, 인연이 있다면 천리를 떨어져 있어도 만날 것이고 인연이 없다면 젊은 놈이 늙은이를 희롱하는 미친 놈 소리를 들을 것이니 말일세, 어찌되었든 작가의 상상력도 동원하면 멋진 드라마가 될 것이야. 하하하."

"자석의 음과 양이 서로 끌리 듯, 내 마음은 벌써 그곳을 향하고 있다네, 미친놈 소리를 안 들었으면 좋겠군, 내가 다녀와서 자네에게 자세하게 보고하도록 하겠네."

대화를 주고받다 보니 시간은 자정을 넘고 급 피곤이 밀려온다. 둘은 자리에서 일어나 거리로 나와서는 어깨동무로 서로를 의지하며 남의 시선도 아랑곳 않고 노래를 부르며 한참을 걷다가 각자 자신의 집으로 향했다.

'생사일여(生死一如)라 삶과 죽음이 하나이고 이생과 전생도 결국은 제석천의 그물망에 걸려있는 인연의 티끌이고 보니 과거의 내 인연도 돌아보면 덧없는 그림자에 불과하건만 나는 어찌하여 욕심을 내는 것일까.'

스산한 바람이 불어오더니 하늘이 더욱 맑아지고 별이 빛난다.

'수근이라 불리던 사람도 저 별을 보면서 자신의 과거를 회상하며 용팔이란 사람을 생각했을까, 아니면 고달프고 찌든 삶에 어둠이 밀려오면 금방 쓰러져 잠에 취했을까.'

자연의 섭리라 하기엔 너무도 신비한 전생체험이 현성의 머리를 혼란스럽게 만든다.

'아무렴 어때, 책만 재미있으면 되지.'

작가의 상상력을 최대한 가미하고 자신의 역량을 총동원하여 인연이라는 자연의 섭리를 필연이라는 사랑의 열매를 맺고 싶었다.

그리고 자신의 창작물에 다른 사람을 결부 시키는 것이 어쩌면 그 사람이나 그의 가족에게 폐가 될 수 있다는 생각에 그녀를 배제한 채 혼자서 전생여행을 하기로 마음을 다진다.

'그래, 내일 나 혼자서 그곳을 찾아가보자, 굳이 똑순이와 같이 갈 이유는 없지!'

새벽 2시가 되어서야 자리에 누운 현성은 밤새 뒤척이다 아침을 맞았다. 지난밤 폭음에 아직도 취기가 남아있는지 머리가 아프고 어지럽다.

간단하게 여장을 꾸리고는 자신의 승용차를 운전하여 영동고속도로를 달린다.

'아차차! 무지개 마을을 미리 찾아보고 와야하는데, 제천 가서 물어보면 알 수가 있을까.'

치악산 휴게소에서 아침 겸 점심으로 허기를 채우고 다시 달린다.

차창 밖의 풍경이 낯이 많이 익은 듯 정답게 다가온다.

제천시내로 들어서니 이곳은 조국근대화의 물결이 스쳐지나질 않았는지 중심지역을 제외하고는 서울에 비교하여 많이 낙후된 듯 보인다.

현성은 근처 제법 커 보이는 부동산을 찾았다.

상호가 그럴 듯한 부자부동산이다.

한가하게 컴퓨터에서 화투놀이게임을 즐기고 있던 초로의 영감이 반색을 하며 맞이한다.

"어서 오세요, 땅을 보시게, 집을 보시게?"

"그게 아니고요, 마을을 좀 여쭈어 보려고요."

손님인줄 알고 반색을 했는데 길을 물어본다니, 표정과 말투가 바뀐다.

"어디를 찾소이까?"

"혹시 무지개 마을이라고 아시는지요?"

"글쎄요, 이곳 제천시내에는 그런 동네가 없어, 난 모르니 시청에나 가서 물어봐요."

"네, 실례했습니다."

멀지 않은 곳의 다른 부동산에 들려본다.

간판이 친절부동산이라 쓰여 있는 것이 부자부동산 보다는 믿음이 간다.

"어르신 혹시 인근에 무지개 마을이라는 동네가 있습니까?"

"무지개마을, 혹시 홍예마을 말하는 건가요? 거긴 제천시내가 아니고 청풍면 어딘가에 있을 건데요."

그는 지도를 보면서 자세하게 설명을 하여 주고 종이에 상세히 적어준다.

현성은 주머니에서 만원 한 장을 꺼내 주인에게 내민다.

"고맙습니다, 이거 얼마 안 되지만 담배 값이나 하세요."

"아니요, 이런 거 바라고 알려준 거 아닙니다, 타관에서 오신 손님한테 그러면 안 되지요, 우리 충청도 인심은 옛날이나 지금이나 변함없이 손님이건 객이건 다 친절본위 아닙니까."

"너무 고마워 드리는 것이니 받으세요."

그리고는 부동산을 나왔다.

충청도 인심이 불과 몇 분 사이에 둘로 나눠진 것을 보니 참 아이러니하다.

말 한마디에 천 냥 빚을 갚는다고 먼저 영감은 알면서도 안 가르쳐 준 듯 타인을 배려하는 이타심이라곤 전혀 없으니, 그리고도 중개업을 하는 것이 참 용하다.

옛날 푸줏간을 하는 박 씨 성의 백정이 두 양반에게 고기를 팔던 일화가 생각난다.

겸손한 양반이 와서 말하길,

"여보게 박서방 고기 한 근 주시게."

박서방은 한 근에 덤까지 추가하여 많은 양을 썰어준다.

이번에는 좀 건방진 양반이,

"야, 이놈 박가야 나도 고기 한 근 싸 줘라."

박서방은 한 근을 싸서 그에게 주었다.

두 번째 양반이 고기를 보니 먼저 산 사람에 반도 안 되는 것에 화가 나서 따져 물었다.

"이놈아, 저 사람은 많이 주고 나는 왜 요것이냐?"

"하하하, 그거야 먼저 손님 것은 박서방이 자르고 나중 것은 '야 이놈 박가'가 잘랐으니 당연히 차이가 날 수밖에 없지요."

말 한마디에 천 냥 빚을 갚는다고 상대방이 듣기 좋게 말도 잘하고 친절하니 복을 받는 것은 예나 지금이나 당연한 것이다.

전생의 부인과 조우

　물어물어 30여 분을 달리니 청풍면 소재지이다.
사무실에 들어서서 말석에 앉아있는 숙녀에게 길을 물었다.
　"무지개마을이 여기서 얼마나 가야 하나요?"
　"홍예마을 말씀하시는 거지요? 걸어서 30분 거리입니다, 차를
가져오셨으면 4분정도."
　"아주 가깝군요! 그 마을이 가구 수가 많은가요?"
　"글쎄요, 한 20여 호 정도 될 거예요."
현성은 수영이라는 사람을 묻고 싶었지만 그냥 나왔다.
호반을 따라 잘 포장된 도로를 보니 문득 걷고 싶어진다. 현성은
차를 세워놓고는 길을 따라 걷는다.
　"만약에 내가 전생에 이 동네 사람이었다면 분명 이 길이 낯이
익을 것이야."
현성은 수려한 풍광에 연신 셔터를 눌렀다.
　'설마 그동안 많이 변한 것 일까!'
그러나 왠지 낯이 익다는 생각이 들지는 않았다.
단지 설레는 마음만이 그의 발길을 재촉한다.
마을 입구에서 자신 또래의 남자가 보인다.
　"실례합니다, 혹시 이 마을에 수영이란 분이 계신가요?"
　"수영이요, 잘 모르겠는데 성씨가 어떻게 되나요?"
　"아마 이 씨 일겁니다."
　"이수영이라, 모르겠는데. 나이는요?"
　"자세히는 모르지만 대략 육십은 넘고 칠십은 안 되었을 것입

니다.”

“글쎄요, 나는 이 마을 토박이는 아니라서 잘 몰라요, 혹시 모르니 저기 보이는 파란기와 지붕 집에 가서 물어 보세요, 거기 할머니 아드님이 타관에 사시는데 아마 그 정도 나이 될 겁니다.”

현성은 주머니에서 만원 한 장을 꺼내 그에게 건넸다.

“고맙습니다, 이거 약소한데 담배나 한 갑 사 피우세요.”

“뭘 이런 걸 다 주십니까, 오히려 내가 고맙네요.”

한걸음 두 걸음, 막상 목적지에 도달하니 가슴이 요동을 친다.

할머니라면 나이가 몇인지는 모르지만 혹시 전생의 그녀가 아닐까 하는 생각이 든다.

대문 앞에서 잠시 망설인다.

‘그냥 밀고 들어갈까, 아니면 밖에서 사람을 부를까.’

담 넘어로 집안의 분위기를 살핀다, 비교적 정돈이 잘 되어있다.

“누군데 남의 집을 엿보는 거요?”

갑자기 날카로운 소리가 그의 귓전을 때린다.

도둑질이라도 하다 들킨 듯 깜짝 놀라 뒤를 돌아봤다.

“죄송합니다, 사람을 찾아 왔어요, 혹시 이 댁에 수영이란 이름을 쓰시는 사람이 살고 계신가요?”

“댁이 누군데 우리 수영이를 찾소?”

“저는 서울에서 내려온 글 쓰는 작가입니다.”

“아니, 형사도 아니고 글 쓰는 양반이 왜 우리 수영이를 찾느냐고요! 우리 수영이가 댁에게 뭔 잘못이라도 한 것이여?”

“그건 아니고요, 혹시 어르신이 수영씨 어머니 되시는지요?”

“그렇소.”

“그럼, 아버님은 어디 계신가요?”

"이 양반 이상하네, 호구 조사원인가, 우리 수영인 애비 얼굴도 몰라요. 해방되던 해 일본 가서 눌러 앉았는지, 육십년 동안 편지 한 장 없는 사람이여, 그러니 그만 가 보슈."

현성은 주머니에서 미리 준비해 두었던 봉투 하나를 꺼내 그녀에게 건넸다.

"이거 약소한데 고기나 사 잡수세요, 그리고 할머니 성함이 어떻게 되시는지요?"

"나, 늙은이 이름은 알아서 뭐하게? 나는 영실이여."

봉투를 받아서 기분이 좋았는지 언행도 한결 부드러워지고 주머니에서 요구하지도 않은 주민등록증을 꺼내서 보여준다.

"봐, 영실이, 오영실 맞지?"

현성은 북받쳐 오르는 설움의 눈물을 왈칵 쏟아낸다.

"아니 왜 우셔? 내가 잃어버린 엄마라도 되나 눈물은 뭐고 표정은 또 왜 그래?"

"하하하 아닙니다, 눈에 티가 들어가서요, 이건 혹시나 해서 물어보는 건데요, 일본 가신 어르신의 남편께서 전에 제천에서 나무장사를 했었나요?"

"이 양반 일본 순사인가, 족집게 점쟁이 인가, 어찌 그리 잘 알아? 우리 서방님 나와 수영이 먹여 살리려고 고생고생 나무장사 하다가 보국대 끌려가서 죽었는지 살았는지 소식 없는지가 육십년도 넘었다니까."

"네, 어르신 함자가 어떻게 됩니까?"

"이수근이야, 그런데 귀신이 곡할 노릇이네, 젊은 양반이 우리 영감 나무장사 한 걸 어떻게 알고, 또 수영이는 어떻게 아는 것이여, 정말 귀신이 곡할 노릇이야."

그게 나라고 말하고 싶은 충동이 목구멍 까지 올라왔지만 차마 말을 할 수가 없다, 분명 그런 허무맹랑한 이야기를 나보고 믿으라고 하는 거냐는 면박이 돌아 올 수도 있고 반대로 이놈아 네가 나를 책임져라 할 수도 있는 기가 막히는 이야기 아니던가.

"제가 누군가를 모델로 논픽션 드라마를 쓰기 위해 조사하다 보니 대충 알게 되었습니다, 혹시 아드님 연락처나 주소를 알 수 있을까요?"

"몰라, 객지에 나가서 일을 하니까, 근 일 년 소식이 없어, 지 애비 닮아서 어디서 죽었는지 살았는지, 언젠가는 오겠지, 원래 도깨비 같은 녀석이라, 댁 연락처를 주시면 아들 오면 내 전해 주리다."

"아니요, 제가 다음에 다시 한 번 찾아뵙겠습니다, 그때 오면 좀 더 자세한 이야기를 여쭙겠습니다, 도와주실 거지요?"

"그러시구려."

현성은 그녀와의 사진을 한 장 남기고 싶었다.

현성의 생각에 논픽션으로 써 내려간 책 말미에 그녀와의 사진을 장식하는 것이 어쩌면 독자들을 위한 작가의 의무와 배려라는 생각이 든다.

구십을 바라보는 나이지만 곱게 늙은 듯 허리도 굽지 않고 시골 노인치고는 얼굴에 주름도 별로 없다.

마침 지나는 사람이 있어서 부탁을 하여 그녀와의 사진을 한 장 남긴다.

'전생의 아내와 함께 한 사진이라니, 이걸 김 박사와 똑순이에게 보여 주면 그들의 반응은 어떨까, 아마도 까무러칠지도 몰라!'

오영실 할머니를 남겨두고 서울로 향하는 발걸음이 마치 옛날 이수근이 영실과 수영을 남겨두고 일본으로 떠나던 느낌이 지금 나의 기분과 비슷하지 않았을까 하고 생각을 해본다. 그 사람 이수근이 그래도 인생에 큰 죄짓지 않고 잘 살아준 덕분에 지금의 자신이 있는 것이 아닐까! 물론 그때의 상황이 죄를 짓고 어쩌고 보다는 순수하고 어렵고 처절하게 인생을 살았을 테니 미안하고 고마운 마음이 든다.

현성도 현생의 부부가 이별을 하는 듯 돌아서는 발길이 무겁고 아쉬움이 든다.

'영실이 저 할머니에게는 비빌 언덕이 필요해, 아들은 일년이 지나도 소식이 없다니 도대체 가정교육을 어떻게 시켜 구십이 다된 노인을 두고 일년이나 연락도 없단 말인가, 내가 형편이 풀리면 도와줄 방법을 알아봐야겠어, 어찌 보면 내가 짊어져야할 책임도 있는 업이 될 수도 있으니까, 영실 할머니가 육십년 이상을 얼마나 남편을 원망하며 살았을까, 업이라는 운명의 수레바퀴가 수근과 영실을 갈라놓은 것인데 왜 내가 꼭 잘못한 듯 미안하고 죄인이 된 기분이 드는지 몰라!'

한 그루 나무에도, 하천을 유영하는 물고기 한 마리도 모두 전생으로부터 내려오는 인연 따라 태어나는 것, 덧없고 무상하다하지만 일정한 법칙의 굴레에서 연기(緣起)하는데 하물며 만물의 영장이라는 사람이야 당연한 것 아닌가.

기쁨과 슬픔, 그래도 행복하다

  그날 이후 현성은 두문불출하고 집필에 몰두하였다.
업이라는 윤회의 굴레를 잘 포장하여 과학적이진 않지만 만인이
공감할 수 있는, 마치 자전적 이야기에 양념을 더하듯 모두에
게 흥미를 줄 수 있는 아름다운 사랑의 이야기를 쓰고 싶어진다.
  "여보게 친구, 잘 되어 가나?"
김 박사가 궁금했던지 오랜만에 안부를 묻는다.
  "내 딴에는 잘 쓰고 있네만, 감흥과 작품성의 판단은 독자들의
몫이지, 나는 사실과 허구를 적당히 섞어서 이 책을 읽고 있는 말
못하는 벙어리가 말문이 트이고, 눈이 먼 소경이 이야기를 듣고
는 눈이 떠지길 바라는 마음으로 정성을 다 하려하네."
  "그래야지, 대박나기만 기다리겠네, 똑순씨는 더러 소식이 있
나?"
  "요즘 회사일 때문에 많이 바쁜가봐, 이 책이 나오면 그녀에게
첫 번째로 헌정을 해야 되지 않을까!"
  "잘 해보게, 친구는 자기 전생인연을 끔찍하게 생각하는 순수
한 영혼이니까 말일세. 하하하."
  "고맙네, 그러나 그렇게 끔찍이 생각한다고는 생각이 안 들지
만 어쨌든 그녀는 사랑스럽기는 하다네, 비록 나의 사랑스런 아
내만은 못하지만 말일세."
  "원래 그렇게 애처가였나?"
  "아니, 엄처시하라네."

그러나 한 가정의 평화를 깨면서 까지 집착하고 인연을 만들고 싶지는 않았다.

현성은 자신의 상대인 똑순일 존중하여 그녀를 만난 후 지금까지 정성을 다했다, 삼생에 걸친 인연을 내생까지, 또 이어가기 보다는 삼 세번이라는 말처럼 여기서 끝내야 하지 않을까 하는 생각이 든다.

물론 그것이 자신의 마음대로 되는 건 아니지만 피우기만 했지 열매를 거두지 못한 용팔이와 수근이의 대물림을 현성이는 하고 싶지가 않다. 비록 사랑을 이루지 못한 비극이었지만 아름다운 마무리로 작가라는 자신의 역량을 이용하여 끝을 보고자 한다.

두문불출 2개월의 시간을 보내고 원고가 마무리되어갈 무렵 현성은 문득 이수영의 존재가 궁금해진다.

'잘 살고 있을까, 어머니 모시고 잘 살면 좋으련만, 내가 모시고 살수도 없는 노릇이고 내일은 무지개마을을 한번 가봐야겠어.'
전생의 부인 생각을 하다 보니 문득 고사 한 편이 생각이 난다.
옛날 신라때 불국사와 석굴암을 설계하고 건축을 한 김대성이라는 사람의 후생은 전생과 후생의 어머니를 모시고 살았다는 이야기가 삼국유사에 전해온다.

사연인즉 김대성은 홀어머니를 모시고 남의 집 일을 하며 어렵게 살았지만 늘 보시를 하며 살았다. 어느 날 탁발을 나온 스님을 보고는 '내가 고생함은 전생의 복이 없기 때문이다. 오늘 스님을 만났으니 내 전 재산을 보시해야겠다.' 하면서 얼마 안 되는 자신의 밭을 모두 시주하였다. 그리고 불국사를 건축하면서 그 끝을 보지 못하고 그만 병이 들어 죽고 말았다.

그가 죽는 날 조정의 재상집에 하늘에서 크게 외치는 소리가 들렸다.

"모량리에서 죽은 김대성이를 너의 집에 맡기노라."

재상이 기이하게 여겨 조사를 하여 보니 모량리의 김대성이 죽었다는 소식을 접한다.

그 후 재상의 부인이 태기가 있어 열 달후에 아이를 낳으니 재상은 대성의 어머니를 모셔다가 같이 살면서 대성이의 후생을 기르게 하니 전생과 현생의 부모를 모시고 사는 이변이 있었다. 방식이야 조금 틀리지만 현성은 어쩌면 전생의 부인과 현생의 부인을 데리고 같이 살수도 있겠다는 야릇한 생각을 해 보았다.

아침부터 날씨가 잔뜩 흐리다.

현성은 은행의 잔고를 바닥내 두툼한 봉투를 만들고 근처 마켓에서 잡다한 물건을 손에 집히는 대로 집어 들어 트렁크를 가득 채웠다, 그리고도 남는 것은 뒷좌석에 싣고는 그녀가 살고 있는 제천으로 향한다.

고속도로를 들어서니 전화소리가 정적을 깬다.

"오빠 안녕하세요? 저 똑순입니다."

"아니 요즘 한창 바쁘실 텐데 어인 일로 전화를 다 주셨나이까?"

"저 요즘은 조금 한가합니다, 현장이 바쁘지 저는 놀고 있는 걸요, 제가 삽 들고 설쳐서 되는 일도 아니고요! 오빠 책은 잘 되어 가나요?"

"9부 능선까지는 온 듯해, 뭔가 아쉬움이 남아서 마지막 나들이 겸 지금 제천 무지개마을을 향하고 있어, 거기 가서 나머지를 완성할 소재를 찾아봐야지."

"저 지금 천안시청에서 입찰보고 나오는 길인데 저도 무지개마을로 차를 돌려 동참하면 안 될까요?"

"그럼 좋지! 그 동네 쏘가리매운탕이 일품이라고 하던데 함께 식사나 하던지, 그리고 거기서 누굴 만나던 전생이야기는 하지 말기로 해, 믿지도 않겠지만 혼란을 줄 필요도 없으니까."

"제 걱정 마시고, 오빠나 입단속 잘 하세요, 항상 보면 저 보다 입이 더 가벼우시던데."

"헛소리 말고 주소 찍어 보낼 테니 잘 찾아오기나 해."

그녀에 대한 마음을 정리하고 집필에만 몰두 했는데 또다시 연애세포의 부활을 알려오는지 가슴이 울렁거리고 바람이 불어온다.

'진짜로 그녀를 사랑해 버릴까?'

자신에게 물어보니 대답은 한결같다.

'바보 같은 소리! 언제나 언저리만 맴맴 돌면서.'

사랑이라는 것을 하다보면 끝내는 탈출을 꿈꾸게 된다.

언젠가는 흩어짐으로 끝나는 사랑.

지금 자신은 두 번의 생자필멸과 회자정리를 손수 경험하고 있지 않은가!

어느 작가는 애정의 수단으로 행복해 지는 유일한 길이 아무도 사랑하지 않는 것이라고도 했다는데, 인간이 아무도 사랑하지 않고 살아나갈 수 있을까.

그런 양심 없는 사랑타령 때문에 현성은 지금 이 길을 달리고 있다.

작가의 상상력은 끊임이 없어서 자신을 비우고 싶어도 비울 수가 없고 버리고 싶어도 버릴 것이 없다.

기왕이면 무지개 마을 이외에 나무장사의 추억이 있을 화전촌이나 하루코의 집을 찾아보는 것도 좋을 듯 싶다.

온갖 상념에 복잡한 머리를 정리를 해가며 비에 젖은 고속도로를 달리다 보니 곳곳에 추돌사고의 흔적이 보인다.

 '이런 우중충한 날에는 천천히 가야지, 사고라도 나면 안 되지!'

 '그런데 현성아, 전생의 인연을 후생에 와서 책임지겠다는 사람은 이 세상에 너 밖에 없을 거야, 안 그래?'

혼자 자문자답 하며 스스로를 추켜세운다.

누군가를 만난다는 그리움이 하늘에도 알려졌는지 내리던 비는 멈추고 어느덧 청풍의 그림 같은 풍경이 눈앞에 펼쳐진다.

물안개가 피어 오르고 호수를 가로질러 무지개가 걸렸다.

 '아, 이래서 무지개 마을이구나, 너무너무 아름다워! 그래, 오늘은 왠지 좋은 일이 생길 것만 같아, 전생의 마누라도 만나고, 수영이라는 아들도 만나고, 또 연인 같은 동생도 만나고, 누가 뭐래도 사랑은 좋은 것이야.'

신바람에 저절로 휘파람까지 나온다.

현성은 마을 입구에 차를 세우고 습한 기운이 감도는 강변에 서서 심호흡을 한다.

 '아무리 봐도 참으로 멋진 마을이야!'

그는 이곳에서 똑순이를 만나서 함께 가겠다는 생각으로 강변의 맑은 공기를 맘껏 들이킨다.

 '정말 살 것 같은 기분이 드는군!'

  마을 입구라 그런지 인적은 별로 없고 비 개인 오후라서 호반을 찾는 관광객도 보이지 않는다.

물안개 사이로 승용차가 보인다.

'그녀인가, 빨리도 왔네!'

그러나 그의 생각과는 다르게 다가오는 차는 택시이고 장년의 신사가 차에서 내려 걸어온다.

그 사람도 이 좋은 경치에 반하여 걷고 싶은 마음이 들었나 보다. 가까이서 보니 제법 준수하게 생기고 용모도 단정하여 이곳에서 농사를 업으로 하는 사람 같지는 않았다.

신사는 그에게 다가오며 먼저 말을 건다.

"이 마을 사람인가요?"

"아닙니다, 저는 서울에서 이곳의 경치에 반해 놀러온 사람입니다."

"아! 그래요, 나는 홍예마을이 고향이긴 하지만 하도 오랜만에 와서 보니 모든 게 낯이 설어요."

그 말을 듣는 순간 현성은 혹시 이 사람이 그 사람 수영이 아닐까, 아니 수영이라는 확신이 든다.

"얼마나 오랜만에 고향에 오셨는데요?"

"글쎄요, 날짜를 헤아려 보지 않아서 몇 개월인지, 몇 년인지도 모르겠소이다. 비록 노모가 계시지만 소싯적에 잠깐 살고 객지를 떠돌아 그런지 도통 정이 가지를 않아요, 홀로 계신 노모의 성화가 없었다면 오지도 않았을 것이고 바라보고 싶지도 않은 마을입니다, 그러나 이방인에겐 정말 멋진 마을이니 잘 둘러보고 좋은 추억 만들고 가세요."

"네, 감사합니다."

실안개 장막을 헤치고 그 사람은 마을로 들어갔다.

이름을 물어볼까 했지만 초면에 실례가 될 것 같아 그냥 보냈지만 현성은 그가 수영이라는 확신이 섰다.

'그래, 저 사람이 틀림없이 그 사람일 거야! 조금 있다가 보면 확실히 알겠지, 혹시 그 집에 수근이라는 사람 사진이 있을까, 있다면 확인을 해 보고 싶네, 저 사람 얼굴을 보니 반듯하고 잘 생겼을 듯한데, 어찌 보면 자기 어머니하고 비슷한 것 같기도 하고!'
출렁이는 물결도 없이 도도한 무게를 잡고 고요하지만 쉼 없이 흐르는 강물을 바라보며 그는 조약돌을 하나 주워 힘껏 던졌다. 물위를 스치는 소리가 정적을 깨고 귀를 파고든다. 그러나 피어오르는 물안개로 물의 파장은 보이지 않는다.

　어린 시절의 어느 날,
불현 듯 다가와서 가슴앓이를 시키고 또 다시 홀연히 사라졌다가 찾아 와 가슴에 소용돌이를 일으키고 추억여행이 아닌 전생여행이라는 기막힌 미션을 내안의 나는 나에게 안겨주었다. 가슴에 파문을 일으키며 나를 찾아 왔던 추억, 피할 곳 없는 숙세의 업이 행복과 불행, 기쁨과 슬픔이라는 두 갈래의 길을 만들어 놓고 어느 곳으로 갈 것인가를 선택하는 것처럼 지금 내 행동이 선택을 강요하는 숙명이라면 이젠 이생에서는 그것을 정리하고 내 정신을 지배하고 육체를 인도하여 삼사라(Samsara) 라고 이름 지어진 업의 굴레를 벗어나고 싶다.

　업이라는 것은 누군가 보이지 않는 절대자가 씌워 주는 것이 아니고 자신이 헤쳐 나가고 극복하는 것이기에 오늘 자신에게 던져 진 조약돌을 다시 강물로 돌려보내는 것이다.
현성은 자신과 똑순, 그리고 김바우 박사가 아는 이 비밀스런 전생이야기와 여정을 청풍의 푸른 물과 함께 이 세상에 흘려보낸다.

물안개의 농도가 점차 옅어질 무렵 멀지않은 곳에서 차량의 경적소리가 들리고 이어 안개 속에 그림 같은 검은 실루엣이보이더니 고급 세단이 현성의 차 뒤로 정차를 한다.

　'아! 그나저나 저 아름다운 여인, 이도 저도 아닌 인연을 어찌할까나? 세상에는 백팔번뇌가 있다지, 그녀는 나를 혼란케 만드는 백 아홉 번째의 번뇌일 것이야, 그래, 그 인연도 마음을 비우고 저 바다를 향해 흘러가는 청풍의 고고한 물처럼 흐름에 맡겨두자.'

終

업이란 어느 날 나타났다가,
어느 날 사라지는 것이 아니다.
무명에 가려진 사람들 눈에는 보이지 않지만
끝없이 작용하고 또 층층이 쌓여간다.
무명이란 수시로 작용을 하기 때문에
마음만 잘 정리가 된다면 언젠가는 황황히
사라져 버리니 그 이치를 아는 사람은
반드시 깨달음을 얻으리라.

책 속의 책

카르마(Karma; 業)의 세계
- 누구나 궁금한 이야기 -

이미 지은 착하지 않은 업은 마침내 온갖 괴로움 받네.
그 업을 지을 때는 기뻐햇으나 마침내 울면서 그 갚음 받네.
온갖 착한 업 지은 그 사람 마침내 괴롭게 번민하지 않나니,
기뻐하며 그 업을 짓더니 편하고 즐겁게 그 갚음 받네

-우치인경-

들어가면서

전생의 소행 때문에 현생의 세계에서 인과응보의 경중이나 우와 열을 논하는 것이 문명인의 상식으로는 이해가 될 수 없다, 그러나 카르마의 비밀을 조금이라도 믿고 알게 된다면 인생을 허투루 살려고 하지는 않을 것이다.
인생을 착함이라는 화두를 잡고 한마디로 잘 산다면 벅찬 기쁨과 가능성을 안겨주는 세계, 그러나 남을 못살게 하고 언제나 죄를 지며 자신의 주머니만 채워나가는 부류들은 공포와 암흑의 세계, 그것이 카르마의 세계이고 사후에 펼쳐질 세계이다.

1. 티베트 『사자의 서(死者의書)』와
 『아비달마구사론(阿毘達磨俱舍論)』에 등장하는 윤회의 비밀

티베트의 고문서로 내려오는 「사자의 서」는 기원 전 3세기경에 티베트의 승려들 사이에서 사후세계의 모습을 은밀하게 구전되어 전해진 비급이라 할 수 있다.
스승이 제자들에게 강의하는 형식으로 전해진 이 비밀스런 금서가 원전인지 이본인지는 알 수 없지만 이후 서력 800년경 티베트 밀교의 승려들 사이에서는 절대 사원의 문밖으로 내 보낼 수 없는 비전이 되었다고 한다.
그러나 근래 들어 이미 세상에 널리 알려진 이야기를 간추린 내용으로 순서대로 서술하여 이해를 돕고자 한다.

『사자의 서』에 등장하는 윤회사상

1) 나의 제자들에게 전수하겠다. 잘 새겨듣고 입에서 귀로 너희 제자에게만 비밀스럽게 전해야 한다. 모든 사람은 육체와 영혼으로 이루어진 것이다. 그러나 생명이 끝나면 영혼은 육체라는 옷을 벗어 버리고 떠나게 된다.

2) 육신을 떠난 영혼은 처음엔 어둠속의 공간에 떠 있는 듯 느낌을 받는다. 그러나 대개의 경우는 맑고 밝은 빛을 경험하며 운명하기 전의 고통과 아픔의 속박에서 벗어난 느낌을 갖게 될 것이다.

3) 그러나 이러한 느낌을 갖지 못하는 영혼도 있다. 자신의 업에 따라 밝은 빛, 침침한 빛, 으스름 어두운 빛 등 여러 가지를 느낄 수 있다.

4) 이런 상태를 벗어나면 천지에 굉음이 울려 퍼지고 번개같은 빛이 번쩍거린다, 또는 무엇인가에 찔리듯 찌릿찌릿 거리는 자극을 느낄 수도 있다.

5) 대다수의 영혼은 이 같은 일을 당하면 우선은 겁을 낼 것이다, 이 말은 영혼도 보고 듣고 느끼고 생각할 수 있기 때문이다. 이는 몸을 떠난 제8식(아뢰야식)의 작용 때문이라한다. 이 정신을 지배하는 새 육체라 할 수 있는 것은 눈엔 보이지 않고 투명하며 무게도 없어 바로 공중을 날 수 있는 능력을 발휘한다.

6) 그것은 바위도 뚫을 수 있고 산도 쉽게 오른다. 많은 영혼들은 히말라야처럼 높은 산을 쉽게 올라 먼 하늘 끝으로 날아가고 있다. 이는 우리가 몸은 서울에 있어도 마음만 먹으면 정신은 고향

산천을 쉽게 다다를 수 있는 이치와 같다.

7) 어떤 경우에는 자신이 죽은 줄도 모르고 그 장소에서 맴돌고 있는 영혼도 있고, 자신의 죽음에 절망하는 영혼 또는 끝내 빛을 못보고 컴컴한 암흑속의 이승을 떠도는 영혼도 있다.

8) 그러나 대부분의 영혼은 영의 세계에서 먼저 떠난 선망부모나 친지, 친구, 형제 등과 만날 수 있다. 그 세계에서는 굳이 말을 하지 않아도 의사소통이 가능하다.

9) 그 다음 영혼은 업경대라는 이상한 거울을 맞이하게 된다. 이 거울은 마치 영화처럼 그 사람이 생전에 했던 말과 글, 그리고 행동들이 처음부터 끝까지 비친다.

착한일이 비칠 때는 안도와 기쁨의 숨을 쉬겠지만 나쁜 일들이 겹쳐 비처지면 그 영혼은 괴로움과 고통을 맛보게 될 것이다.

10) 이 시련은 마치 불에 타는 듯 뜨겁고, 얼음 속에 있는 듯 차가우며, 반대의 경우는 포근한 침상과 맛있는 음식이 기다리는 경우도 있고, 그런 영혼은 점점 더 밝아지는 곳으로 다가가게 된다.

11) 이 참회와 치유의 기간이 길어지면 그 영혼은 쉽게 구제가 되지 않는다. 이렇게 오랫동안의 암흑기를 거치게 되면 서서히 다른 길로 접어들게 된다.

12) 그 길을 따라가면 서서히 빛이 보인다. 그 빛은 영계의 빛이 아니고 다시 만난 사바세계, 즉 이 세상의 태양빛인 것이다. 즉 윤회를 한 것이다. 그러나 그 장소가 그 영혼이 전생에 머물던 곳이라는 것은 아니다.

앞에서도 언급했듯이 인간은 전 우주적으로 육도윤회를 하기 때문에 어느 곳이라 할 수는 없다.

　위와 같이 티베트 사자의 서에서는 사후세계를 서술하는 바이것은 많은 사람들의 사후 체험에서도 비교적 비슷하게 이야기가 전개된다고 할 수 있다.

수십 년 전 열반하신 큰스님께서 인간은 전 우주적으로 윤회한다고 말씀하신 바도 있다.

위의 글이 사실이건 아니건 생사의 수수께끼는 영원히 비밀이 되어야 마땅하지만 사람들의 집요한 노력으로 그 비밀은 풀리지 않을까! 여기서 우리가 알고 넘어야 할 중요한 한 가지가 있다, 티베트 사자의 서에 기록된 내용은 결코 티베트 밀교의 비밀 교리가 아니고 이미 오래전 불교의 교리가 티베트 깊은 산중으로 흘러 들어가 이런 형태로 바꿔진 것이 아닌가 하는 생각이다. 그 이유는 부처님의 가르침을 철학적으로 정리한 구사론이란 경전에 사자의 서와 비슷한 사후생명에 대한 고찰이 적혀있기 때문이다. 구사론이 서력 5세기 경에 집필 되었지만 수록된 내용은 이미 부처님 재세(在世)때부터 전해진 내용이다.

구사론(俱舍論)에 등장하는 윤회사상

1) 사람은 죽으면 어떻게 되는가? 사체와 영혼으로 나누어진다. 이를 사후인간이라 하는데 이 사람은 살아있는 사람에겐 안 보이는 몸을 가지고 있다.

2) 그것을 세신(細身)이라 하는데 눈에 보이지 않는 미립자(微粒子)로 어느 단단한 물체나 눈에 보이는 모든 것을 거침없이 뚫고 나간다.

3) 눈, 코, 입, 귀 등 감각기관을 가지고 있지만 너무 작은 관계로 형태는 없고 오직 기능만 있을 뿐이다.

4) 그렇기 때문에 세신을 지닌 사후인간은 보고, 듣고, 식사(냄새)도 가능하다. 제사 때 혼령이 흠향하는 것이 이 이유다. 그러나 생전에 좋은 일을 많이 한 사람은 좋은 냄새를 맡고 나쁜 업이 쌓인 사람은 나쁜 냄새를 맡는다.

5) 공간에 떠 있거나 날아다닐 수 있다. 날아갈 경우 아무리 먼 곳이라도 순간에 날아간다.

6) 그러나 그것으로 끝이 아니고 사후인간은 거의가 다시 한번 태어나 보려고 하는 가능성이 있다. 이를 전생(轉生), 즉 다시 태어난다고 한다.

7) 그러나 사후인간은 자기 뜻대로 태어 날 수는 없다,
자기가 만들어 놓은 인과(因果)에 따라서 태어날 곳이 정해진다.

8) 태어날 곳은 어디일까? 완전한 조건이 이루어지면 어딘가에서 한 쌍의 남녀가 결합을 하여 여성이 임신하려 할 때 그 여건이 합당한 결합이라면 그 사후인간은 순간에 그 녀의 자궁 속에 들어가 태중(胎中)에 들게 된다.

9) 이 과정에서 생전에 악한 일을 많이 했다면 축생에 들거나 아귀로 태어나지 않을까! 그러나 그때가 되면 이미 후회해도 늦어진 것이니 지금 이 순간 우리가 정신을 차리고 늘 적선(積善)을 하여 내생을 보장 받아야 한다. 이 원리는 콩 심은데 콩이 나는 이치와 똑같고 선을 쌓는 일 3년, 그러나 알아주는 사람 많지 않다.

악행을 하는 일 하루, 천하가 다 안다. 그 만큼 적선이란 것이 쉬운 것이 아니다.

10) 결론은 누구나 이렇게 윤회하는 시간이 정해져 있는 것은 아니다. 생전에 무엇을 했느냐에 따라서 다시 태어날 수도 있고, 영

원히 못 날수도 있으며, 바로 태어날 수도 있고 아주 오랜 시간이 걸릴 수도 있는 것이다.

지금까지 서술(敍述) 한 것이 웃기는 이야기 일 수도, 진지한 이야기 일 수도 있다. 그러나 전 인류의 공통된 희망사항이 행복한 죽음과 사후 안락국토에 태어나는 것이라면 결코 허황되거나 웃기는 이야기는 아니다.

2. 전생의 기억과 환생의 메커니즘

1950년대 미국 콜로라도의 심령학자이면서 최면술사인 모레이 번스타인은 최면으로 기억을 거슬러 올라가며 역행체면을 주로 시술하였다. 어느 날 루스라는 부인의 바람둥이 남편과의 갈등치유를 시술하면서 놀라운 경험을 하게 된다. 그녀가 모친의 태중에서 출산을 하는 것까지 기억하여 말하는 것을 보고는 호기심이 일어나 어쩌면 그녀의 전생탐험도 가능하겠다는 생각에 점점 시간을 거슬러 올라가게 되고 끝내는 그녀의 전생을 끄집어내었다. 그녀는 계속해서 루스라는 이름을 부르는 번스타인을 꾸짖으며 소리를 질렀다.

"누구야, 너는 누구냔 말이야? 왜 나를 루스라 부르는거지, 웃기지 말란 말이야, 난 루스가 아니고 부라이디 머피란 말이야."

이 한마디가 번스타인은 물론이고 우리 인류에게 강렬한 충격을 안겨준 말이었다.

어투는 비록 영어를 썼지만 사투리가 섞인 먼 지방의 이야기요,

물론이고 목소리까지도 루스 그녀가 아닌 다른 사람으로 변하여 있었다.

그녀는 100년 전 아일랜드의 어느 성과 그 주변, 인물들을 차례로 기억하여 후일 번스타인은 아일랜드의 코오크라는 읍에서 성을 찾아내 그녀가 그곳에 전생에 살았던 기억을 확인하였고, 그녀를 아는 사람들을 만났으며, 그녀의 묘지까지도 확인을 하였다.

사후를 기억하는 사람은 있지만 최면의 요법으로 전생을 거슬러 찾아내 직접 방문까지 하는 경우는 흔한 일이 아니다.

루스와 부라이디 머피는 약 100여 년의 시차로 환생을 하였다, 아마도 부라이디 머피는 그 기간 동안 영혼이 허공계에 머물다 업의 순환으로 인연이 된 루스 모친의 태중에 든 것이 확실하다.

1973년 볼티모어 정신의학회의에서 이 사례를 버지니아 대학 연구팀이 2000여 건의 사례를 바탕으로 소개하였던 바 많은 사람들이 황당하다는 반응을 보였지만 그렇다고 그들이 윤회는 허구라는 어떠한 반증도 제시하지 못했고 끝내는 많은 사람들이 수긍을 하였다고 한다.

두뇌가 아직 활동을 못하는 어린 시절에 전생을 기억하는 사람들이 의외로 많은 까닭은 앞에서 소개했던 사자의 서에 기록된 제8식인 아뢰야식의 기억 일부가 남아있단 이야기가 될 수 있다. 그렇다고 A라는 사람이 사후 B라는 사람으로 태어나면 모습이나 성격 등이 A와 같다는 것은 아니다, 만약 그렇게 이야기를 한다면 그건 괴기 소설이나 허무맹랑한 판타지가 될 것이며 B는 모와 부의 유전적인 환경에 의해서 결정될 것이다.

그 개체를 성립시키고 있는 육체와 정신 깊숙이 스며 있는 생명의 원뿌리(제8식)는 없어지지 않고 또다시 죽음을 맞이한다면 육신에서 빠져나가 허공에 머물다가 다시 인연에, 업에 의해 어느 몸으로 들어가는 것이다. 이것이 윤회의 구조이고 메커니즘이다.

3. 전생을 실증하는 세 가지의 방법

현대에서 윤회의 법칙을 증명해주는 세 가지의 법칙은 다음과 같은 방법이 있다.

1) 스스로가 기억하고 있는 경우.

2) 최면 및 퇴행요법, 자유연상(自由連想) 등과 같은 심리학적 기법으로 나이를 역행하여 거슬러 올라가는 것.

3) 투시의 방법으로 현세의 상태에 원인을 전생에서 찾아내는 것.

위와 같은 세 가지 방법이 있고 또 어떤 방법이거나, 객관적으로 인정할 수 있는 증거는 아닐지라도 주변의 상황이나 간접적으로라도 증거가 될 수 있는 자료가 있다면 실증을 할 수가 있을 것이고 인정될 수 있다.

전생기억의 연구로 유명한 학자는 의학박사이면서 심리학 박사인 버지니아대학교의 이안 스티븐슨 박사가 있는데 그는 전생을 기억하는 이가 있으면 찾아가서 만나겠다고 말하였으며 수많은 사람들이 그에게 연락을 하여 사실로 확인된 20여 명의 사례를 책으로 저술하였다.

심리적기법의 연구는 앞에서도 언급한 머레이 번스타인 박사로

1957년 초판 인쇄된 『브라이디 머피의 생애』로 이 책으로 인해 전생이 밝혀지자 당신 기독교 목사들의 집단반발을 불러 일으켰지만 모든 것이 사실로 밝혀져 책의 진실성을 인정받게 되었다.

투시의 경우는 1945년 67세의 나이로 세상을 떠난 영능력자 (靈能力者) 에드가 케이시의 경우를 들 수 있다. 그에게는 남의 전생을 투시하여 볼 수 있는 묘한 능력이 있었는데 그는 의학적으로 치료가 불가능한 병의 원인을 전생에서 찾아내 치료를 하였던바 그를 찾는 사람이 인산인해를 이루었다 한다. 그가 투시해낸 건수는 약 30,000건 이상으로 지금도 버지니아 비치에 보관되어 있어서 연구를 목적으로 하는 사람들에게 어느 때고 열람이 가능하다 한다.

4. 카르마의 법칙이란 무엇인가

앞 단락에서 언급한 내용들을 현대를 살아가는 우리들이 받아들이기에는 사실 버거운 내용들이다.
그 이유는 이 의문을 풀어줄 열쇠도 없기 때문이다.
사람은 항상 정신적으로나 육체적으로 쉼 없이 움직인다. 그 움직임이 곧 카르마이다.
업은 결코 우리의 힘이 미치지 않는 어떤 신비로움이나 알 수 없는 세력에 의해서 주어진 약속이나 운명은 아닌 것이다.
오늘 날의 우리 행동은 그러한 전제되거나 구속되어진 숙명적인 것이 아니라 우리의 의지에 의해서 불행과 행복의 두 갈래 길에서 하나를 선택하는 것이다.

경우에 따라 불행을 행복으로 만들 수 있고 하기에 따라 행복이 불행이 될 수도 있는 것이다.

업은 눈에 보이지 않지만 한 알의 씨앗 속에는 잎과 줄기 열매까지도 모두 숨어서 때를 기다리는 것과 같다.

우리가 업의 노예가 되어 살면 안 되고 스스로 업을 제어할 능력과 힘이 있음을 알아야 한다.

더욱 많은 청정한 생활과 선행이 사후의 저축인 셈이다.

대문호 헤밍웨이는 "착한 일이란 무엇인가? 뒷맛이 좋은 것이다. 악한 일이란 무엇인가? 뒷맛이 나쁜 것이다."라고 말을 하였다.

5. 감각에서 잠재의식까지

식(識)이란 무엇인가?

사람은 여섯 개의 감각기관을 가지고 있다. 즉 1~6까지의 식을 말하는데 식(識)이란 감각과 의식을 총칭해 이르는 마음의 작용을 말함이다.

1식에서 5까지는 오감을 말하는데, 즉 보고, 듣고, 냄새 맡고, 말하고, 촉감을 이야기 하는데 6식은 5감을 통하여 우리 자신을 만드는 것, 생각이다. 이 6식을 떠나서 제7식(말라식末那識, 산스크리트어: manas의 意, manas-vijñāna 의식 意識)이 있는데 우리가 쉬거나 잠들어 있을 때 표면에 나타난다.

쉽게 말하면 '꿈'을 제 7식이라 할 수 있다. 말나식은 아뢰야식에 저장된 종자(種子)를 이끌어 내어 현행하게 함으로써 현재적인 인식이 이루어지게 하고 생각과 생각이 끊임없이 일어나게 하는 역할을 한다. 말하자면, 말나식은 아뢰야식과 6식(六識: 6가지 식) 사이에서 매개 역할을 하여 끊임없이 6식이 일어나게 하는 작용을 하는 마음이다.

제7식은 대단한 끈기를 지니고 있어서 생명이 죽음을 목전에 두면 6개의 감각기관은 잠들 때처럼 뒷전으로 물러나거나 사라지지만 7식은 악몽이나 본심은 오히려 더욱 강하게 나타난다. 그러나 생명이 끊어지면 그도 사라지고 소위 영혼이라 말할 수 있는 아뢰야식이 그 모습을 드러낸다.

실질적인 존재 제 8식 아뢰야식

아뢰야식(阿賴耶識)은 산스크리트어 **알라야 비즈냐나**(ālaya vi-jñāna)의 음역으로 굳이 해석을 하자면 '감춰져있는'으로 할 수 있는데, 죽기 전에는 나타나지 않는 존재라 한다. 앞에서 언급한 1~6 까지 의, 식은 죽음과 함께 단절되지만 실상은 제7식의 잠재의식 속으로 자동차의 부품처럼 자리를 찾아가는 것이고 죽으면 이것들을 모두 엮어놓은 제8의 식이 나타나는 것으로 또 하나의 시작을 알리는 눈에 보이지 않는 생명체가 되는 것이다.

흙속에 감춰진 보리의 종자가 어느 날 인연과 조건이 맞아서 싹이 트고 자라서 열매를 맺는 것처럼 아뢰야식도 그 속에 감춰진 업에 따라서 조건이 맞는 것을 찾아 새로운 생명체로 탄생되고 그 생명체에 7식이 안착하고 이어 시간이 지나면서 6에서 1까지 역순으로 생겨나게 되는 것이다.

제8식 즉 혼이라 하는 것의 무게는 21그램이라는 놀라운 발표가 있다. 1907년 미국 매사추세츠 병원 의사 던컨 맥두걸이 발표한 논문에 실린 수치이다. 그는 결핵환자가 숨을 거두는 순간 특별히 개조한 침대 아래쪽의 저울로 몸무게 차이를 확인했는데, 환자 6명 모두 숨을 거두는 순간 갑자기 몸무게가 21그램 줄어들었다고 했다.

맥두걸이 이런 실험을 한 것은 인간의 영혼 역시 하나의 물질이라는 가정과 인간은 육체와 영혼으로 구성돼 있다는 *데카르트식 이분법(二分法)에서 출발한 것이다. 그로부터 백 년 후인 2007년, 스웨덴의 룬데 박사팀이 정밀 컴퓨터 제어장치로 맥두걸의 실험을 검증했는데 결과는 놀랍게도 임종 시 일어나는 체중 변동이 정확히 21.26214그램이었다고 한다. 이런 사례로 볼 때 분명 제8식은 존재하는 것이고 제7말라식이 부활하면 제8식은 심연(深淵)의 늪으로 가라 앉아버린다. 이것이 생명의 순환되는 고리이고 우리의 생명은 단절되지 않고 언제까지 일지 모를 그 때까지 윤회를 거듭하는 것이다.

*상기 별책부록에 기재된 내용은 과학적으로 검증이 되지 않은 내용이며, 작가의 작은 識見이고 개인에 따라 생각과 의견이 다를 수 있습니다.

終

◆ 알아보기 ◆

*사(詞): 사는 시와 비슷한 운문으로, 당 중엽에 민간에서 발생해 송대에 가장 번성했던 문학 양식이다. 민간 가요의 가사에서 출발했기 때문에 장단이 일정치 않아 '장단구(長短句)'라 고도 하며, 초기에는 가창할 수 있었던 근체시의 변형이라고 여겨 '시여(詩餘)'라고 부르기도 했다. 사는 음악과 밀접한 관계를 가지고 있다. 사를 창작할 때 일정하게 정해진 악보인 사조(詞調)에 가사를 채워 넣는 방식으로 지어져서, 사를 짓는 것을 두고 가사를 소리에 맞추어 메운다는 뜻의 '전사(塡詞)', 혹은 '의성(依聲)'이라 했다. 사는 시와는 달리 음악과 긴밀한 관계였으므로 유희적 성격이 매우 강했다. 따라서 그 내용도 술, 여색, 애정, 희롱에 대한 것이 많았고, 서정적이고 감상적인 특성이 강해 깊고 섬세한 내면을 완곡하고 함축적으로 표현하려는 경향이 있었다.

*쉬나무: 종자의 기름을 등유로 사용하기도 하고 머릿기름, 피부병 약으로 사용하거나 디젤기름의 대체에너지용으로 쓸 수 있으며 경운기에도 사용이 가능하다.

*싱잉볼 Singing Bowl: 티베트 불교에서 명상 시간의 시작과 끝을 알리는 도구로 맑고 청아한 소리를 낸다. 크기에 따라 음역이 다르고 싱잉볼을 울렸을 때 발생하는 진동을 이용해 몸의 이완을 돕는 싱잉볼 테라피가 진행되기도 한다.

*윤회(samsara): 윤회는 '함께 흘러간다.', '삶과 죽음을 되풀이한다.', '괴로운 생존을 되풀이한다.' 등의 뜻으로 쓰인다. 이 가운데 바퀴가 돌고 돌아 끝이 없듯이, 중생은 자신이 저지른 행위에 따라 3계와 6도(道)를 돌고 돌면서 삶과 죽음을 끊임없이 되풀이 한다는 뜻으로 쓰이

는 불교의 용어이다. 즉, 중생은 해탈하기 전까지는 삶과 죽음을 되풀이하는데, 이때 받는 몸과 태어나는 곳은 자신의 행위에 따라 결정된다는 종교적 관념이다. (윤회사상)중생이 생사를 거듭하며 자신이 지은 업에 따라 삼계육도를 떠돈다고 보는 사상. 윤회 사상은 업과 더불어 불교의 세계관의 이론적 준거라 할 수 있다. 윤회 사상은 동양인들은 물론 ≪싯다르타≫, ≪데미안≫ 등을 저술한 헤르만 헤세를 비롯한 서구의 작가들에게 많은 영향을 미쳤다.

*카르마(karma 業): 몸身, 입口, 뜻意 으로 짓는 선과 악의 소행, 이것이 미래의 결과를 가져오는 원인이 된다함. 또한 전생에 지은 선악의 결과로 현생에서 받는 응보도 이에 해당 됨.

*모레이 번스타인(Morey Bernstein): 1950년대 미국 콜로라도주의 프에블로에 사는 사람, 최면술사. 퇴행요법으로 널리 알려진 인물

*매커니즘: 어떤 일이 돌아가는 원리를 말한다.

*데카르트: 근대 합리주의 철학의 창시자라고 일컬어지는 프랑스의 르네 데카르트(René Descartes, 1596~1650년)는 직접 진료 활동을 하지는 않았지만 당대의 어떤 의사보다도 당시와 후대의 의학, 특히 생명관에 커다란 영향을 미쳤다. 그는 스콜라 철학에서 생명의 원리로 생각했던 식물영혼이나 감각영혼을 배제하고 기계론적 생명관을 주장했다. 그는 동물의 움직임을 마치 시계가 움직이는 것과 같이 설명하였다.

*조선농업보국청년대: 일제말기 조선총독부의 농촌통제정책에 따라 농촌 청년층에 대한 노동력 수탈 정책의 일환.

*종과득과(種瓜得瓜): 오이씨를 심으면 오이가 된다는 뜻으로, 원인에 따라 그 결과가 정해진다는 의미이다.

◆後記(epilogue)

삼사라(samsara)란 무엇인가?
산스크리트어로 '윤회', 또는 '구르는 수레바퀴'라는 뜻으로 풀이가 된다. 끝없이 삶과 죽음을 거듭하는 존재, 우리는 그것은 바로 중생이라고 한다.
중생은 끝없이 생과 사를 윤회하면서 업에 따라 몸을 받고 지금 우리의 모습으로 존재하고 있는 것이다.

본문에서 말하고자 하는 삼사라는 윤회라는 業識의 순환되는 연결고리를 말하고자 함이니 인간은 과거, 현재, 미래라는 삼생에 걸쳐서 육체적 또는 정신적으로 쉼 없이 움직인다고 말하고 싶은 생각에 다소 무게감과 난해도가 있는 '삼사라'를 제목으로 차용하였다.

사람은 태어나서 많은 일을 하지만 자기 마음대로 할 수 없는 것이 세 가지가 있다.
그것은 내가 늙는 것과, 늙은 사람은 죽지 않을 수 없고 죽은 사람은 다시 태어나지 않을 수 없다는 것이다.
살다가 죽으면 끝이라는 생각에 인생을 잘못 살면 업에 따라 돌이키기 힘든 수렁에 빠질 수도 있다.
피할 수도 없고 피할 곳도 없는 업(Karma)이란 물건은 사후의 행복이나 불행을 심판하기 위한 것도 아니고 전생의 과보에 비추어 미래를 점지하는 것도 아니며 또한 오늘날의 우리가 구속되어지는 삶에 대한 숙명적인 것도 아니다.

행복과 불행 이라는 것은 우리의 의지가 만들고 자신의 책임아래에서 이루어지는 것이 란걸 강조하고 싶다.
이는 소가 물을 먹으면 우유가 되고 뱀이 물을 마시면 독이 되는 것과 같은 원리이다. 즉 콩 심은데 콩 나고 팥 심은데 팥이 나는 종과득과(種瓜得瓜)요, 종과득과(種果得果)가 업(業) 이라고 말할 수가 있다.

　지금 내가 괴롭다고 다가올 내일도 괴로운 건 아니다, 금생이 괴롭다고 내생 또한 괴로운 법이 아니듯, 비록 환경이 어둡고 괴롭더라도 항상 마음의 눈을 넓게 뜨고 있으라는 명심보감의 가르침이 있다. 즉 괴로움은 인간을 생각하게 만들어 주고 사유는 인간을 현명하게 만들어 준다.

　우리가 살고 있는 지금의 현실에도 불법(佛法)에서 말하는 육도, 기독교에서 말하는, 천당과 지옥은 있다. 각각의 속성대로 인간사회에 존재하는 사람들에게 본성에 따라서 청정하거나 혹은 미혹한 생활이 윤회의 참된 의미가 아닐까?
하루에도 몇 번씩 육도(六道)와 천당과 지옥을 오고가며 윤회하는 어둠에 덮인 우리의 마음을 올바르게 보는 지혜가 있다면 탐내고 성내고 어리석은 그릇된 마음을 제어하고 좀 더 안락한 인생을 누릴 수 있을 것이다.

　성인의 가르침에 이 세상에는 헛된 가르침이 세 가지가 있으니 그 헛된 가르침에 속지 말라 했다,
그것은 첫째는 "사람이 하는 일은 일체가 다 숙명으로 인해 지어

졌다."는 것과, 둘째는 "사람이 하는 일은 다 신의 계시이다." 라는 것과 셋째는 "사람이 하는 일은 다 인(因)도, 연(緣)도 없다."는 것이다. 이것이야 말로 헛된 믿음이요, 망상이다.

세상에는 많은 길이 있다.
그러나 최후의 한 걸음은 자기 홀로 걷지
않으면 안 된다.

- 헤르만 헤세 -

운명의 수레바퀴

2022년 3월 10일 인쇄
2022년 3월 25일 발행

지은이 / 오해균
펴낸이 / 연규석
펴낸곳 / 도서출판 고글
저작권자ⓒ오해균2022

서울특별시 용산구 한강로 40길 18
등록 / 1990년 11월 7일 (제302-000049호)
전화 / (02)794-4490, (031)873-7077

※ 이 책의 저작권자는 위와 같습니다.
※동의 없이 내용을 인용하거나 발췌하는 것을 금합니다.
※ 저자와의 협의를 거쳐 인지는 생략합니다.
※ 값은 표지에 있습니다.